少年噬灵师 1

异世界的贵少爷

南风语◎著

二十一世纪出版社集团
21st Century Publishing Group

图书在版编目(CIP)数据

少年噬灵师. 1 / 南风语著. -- 南昌：二十一世纪出
版社集团, 2016.7
　　ISBN 978-7-5568-2025-2

　　Ⅰ.①少… Ⅱ.①南… Ⅲ.①长篇小说-中国-当代
Ⅳ.①I247.5

　　中国版本图书馆 CIP 数据核字(2016)第 167151 号

少年噬灵师.1

南风语/ 著

责任编辑　敖登格日乐
出版发行　二十一世纪出版社集团
　　　　　（江西省南昌市子安路 75 号　　330009）
　　　　　www.21cccc.com.　cc21@163.net
出 版 人　张秋林
经　　销　新华书店
印　　刷　北京高岭印刷有限公司
版　　次　2016 年 10 月第 1 版　2016 年 10 月第 1 次印刷
开　　本　640mm×960mm　1/16
印　　张　11
字　　数　110 千
书　　号　978-7-5568-2025-2
定　　价　19.00 元

赣版权登字—04—2016—554
如发现印装质量问题,请寄本社图书发行公司调换 0791-86524997

目 录

第一章
怪 物

把最近攒起来的10集《海贼王》看完后，程星林准备关电脑睡觉，而就在这时，他的QQ好友图像闪动了起来，点开一看，原来是好友周满超发来的信息：

"兄弟，我决定明天早上跟晓晓女神表白。"

周满超嘴里的"晓晓"是程星林的美少女妹妹，自从三年前他来程星林家做客，见到了晓晓后，就变成了晓晓的"脑残粉"。因周满超长相抱歉的缘故，虽然晓晓知道哥哥有这么一个朋友，但对他并没有什么印象。为了追求晓晓，周满超经常借着"等好兄弟一起上学"的名头接近晓晓，在晓晓面前秀存在感。

经过三年的努力，他终于让晓晓记住了自己的脸，还能准确地叫出他的名字。

可能是最近他觉得时机到了，所以要打算表白？

程星林敲着键盘回复：

"哥们儿，不是我打击你，你要长相没长相，要才华没才华，我妹妹的优质追求者都能组成一个特优班，你半点竞争力都没有，拿什么去表白？"

过了一会儿，周满超就回复：

"晓晓才没那么肤浅，她不是一个注重外在的女生，而且，她是唯一能欣赏我灵魂的女神。"

程星林对着电脑翻了一个白眼。

对于妹妹欣赏周满超灵魂这件事完全是一个误会，或者说，是周满超那神奇的理解能力导致的自我安慰。

有一次，周满超被一群男生讥笑长得丑，恰巧被他和晓晓听见了，当时为了帮他争一口气，晓晓出面斥责了那些男生："评判一个男生不能看脸，而是由内在决定的，你们这么凶悍而且喜欢嘲讽同学，实在是丑陋不堪。"

本来只是晓晓为了帮他解围说的一番话，却被周满超当作信仰，每隔一段时间都要拿出来念几遍，念久了就像念经一样，不管听者受不受得了，谁要是辩驳几句，他就跟谁拼命，活脱脱把自己变成了暗恋晚期癌患者。

想到这里，程星林又回复：

"晓晓的脾气我最了解，你肯定没戏。要是你能接受被拒绝的打击，那你就去吧，我精神上给予你高度支持。最近雾霾值爆表，你最好戴个口罩表白，不然你到晓晓面前顶着一脸灰，她肯定又认不出你是谁。"

周满超自信地回复：

"哥的脸帅气逼人，雾霾见了我都会羞耻地自动退散。"

看到如此厚颜无耻的话，程星林二话不说，直接关了QQ，嘴里还不忘吐槽：你的脸丑得都能辟邪了，雾霾自然会主动退散。

随即，他一头倒在床上，困意来袭，昏沉沉地准备入睡。

就在这时，桌子上的手机铃声响了起来。他原本不想接，但铃声一声比一声大，无人接听自动挂断后，不到一秒又响了，大有不把他吵醒不罢休的架势。

怪　物

程星林在迷迷糊糊中爬了起来，然后拿起手机，里面传来了阴沉沉的声音："你是程星林吗?"

哎？这声音低沉而诡异，沧桑中透着杀气，像是电视里那些演反派的小混混。

虽然很疑惑，但他还是应声："我就是。"

"上次约战，你这个窝囊废爽约，这次你可别想再跑了。"

约战？这不是不学无术的小混混才会做的事情吗？他是一个除了去学校就常年不出门的标准宅男，每天除了看漫画就是追新番，从来不和那些不良少年混在一起，所以……好吧，虽然在学习上他差得不忍直视，但怎么说，他也有一颗积极向上的心啊。

"你认错人了吧。"此时，程星林的睡意全无，"我是好学生，从不打架。"

"你这个学渣就别装好学生了，明天我再约你，这次如果你再爽约，我就把你的灵魂拖出来喂狗。"

电话彼端的人说完话后，也不知道是装模作样还是什么缘故，发出了一阵狼嚎的声音，听起来让人觉得毛骨悚然。

"喂喂喂，你是不是约错人了？我是叫程星林，是学渣也没错，可我真的从不跟人约架呀!"

挂断电话后，程星林在疑惑中爬上床，躺下的时候，他感觉到脑袋昏昏沉沉，闭上眼睛，眼前明明一片漆黑，可他总感觉有一个影子在眼前飞来飞去。

那只影子原本只是黑色的虚体，最后变成了肉眼能看见的实体。它有着人类的身体，可脸却像被水泡肿了一样，脸色泛着白，整张脸都扭曲着，像从地狱里走出来的恶鬼。

程星林被吓到了，他想睁开眼睛，可身体却像被什么压住了一样无法动弹。此时此刻，在现实世界里，一个不人不鬼的"怪物"正趴在程星林的身上，嘴里流着哈喇子，猩红的双眼里映着他正在昏睡的脸庞。

倏然，这只怪物伸手掐住了程星林的脖子，而后张开血盆大口，露出了一排锋利的牙齿，这些牙齿像锯齿一样令人心惊胆战。

"吼——"

怪物叫了一声后，猛地低下头，将程星林整个头都给吞了下去。

睡梦中的程星林感觉脑袋像被什么砸到了一样，头痛得几乎要裂开。在这剧烈的疼痛中，他感觉到有什么东西正从他的脑袋里被扯出来，然后他倒了下去，身体像跌入了深水里，他伸出手想抓住什么，却什么也抓不住，只能挣扎着往下坠。

昏暗中，他似乎"看"到了一双诡异的眼睛，一只红色，一只紫色，"他"缓缓地闭上眼睛，而后猛然睁开那只红色的眼瞳，红瞳像是淬了血般，异常骇人，紫瞳却像紫水晶一样炫目。呃，看起来好像很厉害的样子！

STOP！

生死时刻，他哪来的心情吐槽啊！

紧接着，程星林的身体破水而出，悬在半空中，一低头，下面是无尽的黑水，一眼望不到头，空中都是暗沉沉的云滚来滚去，在隐约的亮光中，他看到了一个修长的身影。这个人背对着他，身上穿着修身的中古世纪骑士装，将他完美的身材显露无遗……

等等，关注的重点错了！他是标准的直男，对方又不是女人，他关注人家的身材干什么！

"少年，你与众不同。"

许久，那人背对着他说了这么一句话。他的声音低缓而动听，就像穿越了时空的音律，让人躁动的心也跟着平和了起来。

大概是性格使然，程星林吐槽了一句："你下面是不是要说我骨骼清奇，是百年难得一遇的天才，然后召唤我做一些伟大的任务，从此我就开启了外挂，走上了人生巅峰？"

对方顿了顿，老半天才说了句模糊的话："你骨骼一般，就是身体皮糙肉厚了点……"

"……"与电视剧的情节有一点差距呢。

不过没关系，这点小打击他受得住。

静谧了片刻，那人继续开口："就因为你皮糙肉厚，所以不怕雾霾侵蚀，而你的体质又容易招惹物灵，所以，你是一个非常合适的媒介。"

"……"

他哪里不怕雾霾了？不怕雾霾的异类是他的好朋友周满超好吗？他是一个柔弱的羔羊，在有雾霾的日子里，每天都戴着口罩出门，以免从室外到室内时顶着一脸灰尘。

还有，物灵是什么东西？媒介又是什么鬼？

"少年，跟我建立契约，我帮你击退那些物灵的侵犯，如何？"

"停停停，我完全不懂你在说什么，什么契约呀、物灵呀之类的，我这是进入了玄幻世界吗？难道是穿越了？"

"你明天去学校古堡，我在那里等你。"

那人说完后，身体就像风中的沙子一般，一点一点地被吹散。

"哎，等等，你好歹把话说完再散呀。话说一半就这么走了，我可是处女座，你这样会让我纠结得睡不着的。"

然而，就算他放出了"处女座"这种终极大招，对方还是消失得无影无踪。

好吧，至少有一点可以确定，对方不是处女座的黑粉，否则听到这三个字，怎么也要跟着喷两句再走，他这种表现好反常呀，说不定他现在是在做梦？

想到这里，程星林猛地掐了一下自己的胳膊，"啊——"凄厉的声音在清晨响彻天际。

程星林坐了起来，惊得满头大汗。他的房间如旧，晨风透过窗户的缝隙吹进来，窗帘在风的带动下轻轻拂动。看起来，一切都那么自然而和谐。

他起身拉开窗帘，外面依旧阴沉沉的，一片雾霾，可见度非常低，走在街上的行人看起来就是一个个模糊的黑点。

果然是个梦！他低头看了一下自己的手臂，上面有掐痕，那是他自己做梦时掐的，看来他睡着的时候，竟不自觉地跟着梦里做了同样的动作。

"星林！"门外响起了敲门声，妈妈的声音关切而焦急，"你刚才叫什么？"

程星林慌忙说："哎呀，就是做了一个噩梦，妈妈，你别担心。"

他可不能让妈妈进入自己的"私人天地"，要是让她看到自己房间的真实状态，他惬意的小日子就要一去不复返了。

他房间里的墙壁上贴满了日式动漫人物，以胸大、腿长、脸白的妹子为主。书桌上放着的不是课本和辅导资料，而是一些漫画和美女英雄的手办。

为了给自己营造私人空间，他刻意换了房门锁，每次出门都会将房间锁起来，要是妈妈抱怨不能进房，他就以自己已经长成大男人，需要隐私，而且他看书的时候不喜欢被打扰为理由搪塞。用他的话来说，一旦被打扰，他就会无心学习，一旦无心学习，成绩就会直线下降，然后，他就会成为班里的吊车尾。

为了儿子的成绩，妈妈默认了他锁门的行为。虽然，她的儿子学习成绩从来就没达到过优秀。

"可是你刚才的声音……"

"真的只是一个噩梦而已。"

程星林说着，赶紧穿上衣服，等门外的妈妈走到客厅才悄悄地开门，出来还不忘把房门锁上。

第二章
噬　灵

阴霾的早晨，和风温暖如阳。然而，与暖风不相符的是天空的颜色，暗沉的天空像被地下道的黑水冲过一样，灰白相间，让人看了就觉得心情压抑。

校园的过道上，一个穿着一身休闲装、长相普通的男生，正虔诚地捧着一张粉嫩的爱心信封，对着雾霾里那婀娜多姿的声影声情并茂地表白："女神，我暗恋你很久了，希望你能明白我对你的感情。"

那身影顿了顿，然后像是听到了什么惊喜的话一样，猛地回过头来。

男生眨巴着眼睛，被女生激烈的动作吓了一跳，模糊中，他看到对方的眼角有泪水，嘴角也有类似口水一样的不明液体。

等对方靠近，他的脸在惊吓中扭曲得不成样子。

对方根本不是自己爱慕已久的女神，而是一个长相奇丑无比的女生。

"她们都说我丑，我觉得她们是嫉妒我的美，像我这种美到由内而外的女生，终于被识货的人看中了。"女生激动地说着，口水都溅到了男生的脸上。

男生抬手擦了一下脸，还没来得及说话，对方在看到他的脸后，就立刻露出了嫌弃的表情："咦，这世上居然会有这么丑的男生。"

男生一听，立刻跳了起来，心想：你长得跟车祸现场一样，还好意思嫌弃我。

"同学，虽然你很有眼光，我知道你是个好人，可我能配得上更好的男生。所以，对不起。"

男生："……"

他呆呆地站在那里，来来往往的学生与他擦肩而过，等女生消失后，他跪下来痛哭道："为什么我要被发'好人卡'。"

等等，他只是被一个陌生人发了"好人卡"，又不是被自己的女神拒绝了，他伤心个什么劲呀？这样一想后，他又斗志昂扬地站了起来。

片刻后，他又像一只被斗败的公鸡，一脸挫败地跪在地上，头顶一片阴云，嘴里碎碎念："车祸现场都嫌弃我长得丑，那我在女神眼里岂不是外来生物？"

过了一会儿，一个戴着眼镜和口罩的男生透过浓稠的雾霾将一个口罩递给他："周满超，最近雾霾这么严重，你怎么老是不记得戴口罩啊？"

周满超抬起头，双眼含泪，眼角、嘴角以及鼻子那里都有黑色的不明物体。突然，他跳起来一把抱住对方，眼泪与鼻涕齐飞："程星林，我表白被拒绝了。"

"被我妹拒绝不是很正常么，她可是校花。"

"不，我表白错了对象，更重要的是，我被一个长得像车祸现场一样的女生给拒绝了。"

"你自己不也长得像小规模的车祸现场？"

周满超："……"

沉默了一会儿，他对着程星林比出小拇指："我们友尽。"话落，他气势汹汹地转身就走。

程星林幽幽地说："看来你是放弃追我妹了，真是可喜可贺。"

下一秒，周满超像一阵风般地跑到了程星林面前，先是给他捏左边肩膀，接着给他按摩右边肩膀，随后还很狗腿地给他捶背，最后，他眨着眼睛，精光闪现："哥哥，你脚酸吗？要不要来几发？我的功夫不赖哟。"

程星林立刻咆哮道："这么让人误解的话，你哪来的勇气说出来的！"

周满超"扑通"一声跪了下来，他双手抱着程星林的大腿，哭成了泪人："哥哥，你就帮帮自己未来的妹夫吧，没有晓晓爱的呵护，我就像冬天的花儿，终究会枯萎而死的。"

程星林一本正经地反驳道："没水花才会枯萎，冬天的花就算死，那也是冻死的。"

"……"

周满超一边抱着程星林的腿，一边转过阴沉的脸，腹诽道：你丫不吐槽会死吗？会死吗？会死吗？

这就是他的好兄弟，平常戴着眼镜，长着一张平常而大众的宅男脸，特别爱吐槽，学习成绩一般，回家后就窝在房间里，不是看漫画书就是对着电脑打游戏，出了房门对着爸妈就摆出一副"儿子我很努力，看我高度近视的眼镜"的老实巴交的表情，试图蒙蔽睿智的父母。

可耻的是，程星林居然成功骗过了他的父母。每次他去程星林家，对方父母一谈起这位兄弟的成绩，就会流露出"他虽然成绩渣出了新天地，可他已经很努力了，我们无法责怪一个拼尽全力的儿子"之类的表情。

更令他羡慕嫉妒恨的是，程星林还有一个超级无敌的美少女妹妹，她叫程晓晓，属于校花级别，走在路上光是背影都能吸引百分百的追逐率，正面更是引来爱慕者无数，他就是其中一个。

原本他鼓足了勇气打算表白，没想到程星林却在他未行动前就泼了一盆冷水，今天早上的实战更是让他遭遇到了前所未有的打击。

他暗恋女神程晓晓多年，原本以为在这阴沉沉的天气表白，趁着光线不好，女神万一看走眼，一不小心答应和他交往，那简直是天助他也，挡也挡不住。可事实证明，即使天再阴沉，雾霾再严重，老天的眼睛也是雪亮的，最终，他悲剧地失败了。

女神拒绝男生一般都会说："你是个好人，你会遇到更好的女生。"刚刚那个丑女拒绝他也就算了，她竟然还认为自己能配得上更好的男人！如此摧残他这个健康向上、勤奋刻苦的有为少年，简直过分到不能容忍！

这时，程星林摆摆手道："算了算了，看在你暗恋我妹妹这么多年的分上，我决定帮帮你。"

周满超迅速"满血复活"："你打算帮我在晓晓面前说好话？"哥哥出马，一个顶俩，过不了几天，他就能出任CEO，迎娶白富美，走上人生颠覆，想想还有点小激动呢。

程星林推着鼻子上的眼镜，摇摇头说："我打算让晓晓离你远点儿，让你断了这份痴人做梦的幻想。"

周满超听罢，立马跳起来嚷嚷着："友尽，友尽……"

"友尽就友尽吧。"程星林摊开双手，一副很无奈的样子，"晓晓不会喜欢你的，你又不肯放弃，我也帮不上忙，与其时间久了，因为晓晓的事情闹得我们不开心，不如现在就撇清关系。"

周满超听着，简直欲哭无泪。这绝对不是他的好兄弟，这是毒舌加毒蛇！

调整好情绪后，周满超又狗腿地握着程星林的手，双眼含泪地说："兄弟，我知道感情不能勉强，可我还是想挣扎一下，要不这

样，你帮我找《泡妞36计》这本书……"

"……"

静默了半晌，程星林像是想起了什么似的，脑子灵光一闪："你的意思是传说中的那本泡妞绝技?"

周满超郑重地点头："相传它沉睡在学校附近的……那个……古堡。"说到"古堡"，一向以胆大著称的周满超也下意识地哆嗦了一下。

程星林抬眼，脑海里冒出了一副阴森森的画面：

古老而破败的城堡被交错杂乱的棘刺包围，暗沉的气息犹如张开的巨口在城堡的上方虎视眈眈，阴森的大门半开，里面有摇摇晃晃的影子如风如幻一般游荡。这时，门忽然打开，一只紫瞳和一只红瞳犹如复活的魔鬼睁开的双眼，那股惊心的气场宛如游蛇一般蹿了过来，猛地勒住了他的脖子，让他无法呼吸。

"呜——"

程星林禁不住打了个寒战，并下意识地伸手捂着脖子，脸上露出了痛苦的神色。

"喂喂喂。"

觉察到了程星林的不对劲，周满超也慌了，此时的程星林睁着双眼，但眼睛却空洞无神，他双手掐着自己的脖子，似乎想将它扭断一样。

"你疯了!"周满超上前一把抓住程星林的手。

就在这一瞬间，程星林一个偏头，双眼像被血染过一般，红得骇人，他张开嘴巴，里面露出了尖利的牙齿……

看到这一幕，周满超原本应该是害怕的，可他却呆呆地站在那里，没有任何表情，周围的空气似乎被凝固了，来往的同学们也纷纷停止不动。

同一时刻，周围的亮光像被吞噬了一般，阴暗笼罩在上空，加上浓重的雾霾，整个世界都陷入了黑暗之中。就在这时，那道修长的身影鬼魅地出现在了程星林的面前，对方依旧背对着他，只不过换了一身衣服，但款式依旧是修身的骑士装，看起来身材特棒。

等等，他怎么又在关注身材？

许久，那人问："少年，想好了吗？"

"什么呀？"

昨晚难道不是梦？又或者，现在他正在做白日梦？

不过，面对这个怪人，他并没有害怕和惊恐之类的情绪，更多的是淡定，仿佛早就习惯了他的存在。

"你记住，你只有三天时间，如果你不来找我，物灵就会吞噬你的身体，到那之后，这个世界将会被物灵控制，你们人类会饱受灾难。"

"跟你合作，我是变成超人还是蜘蛛侠或者蝙蝠侠？"

"你还是普通人类……"

那还变个屁啊！

程星林挥挥手："再见！"

对方循循善诱道："你的身体依然是人类，但你会拥有我的力量，你能运用这些力量斩杀物灵，从此，你会成为人类眼里的'救世主'。"

听起来很炫酷的样子。

如果这人不是传销头目或者什么邪教组织人员，他心里其实还是有点小动摇的。

虽然他是宅男，但看多了动漫，偶尔也会做一些成为"救世主"的白日梦。有时候他会幻想自己变成路飞，带着一群小伙伴去海上冒险；有时候又幻想自己变成魔法师，找几个好朋友组成工会去完成任务；再或者收到来自国外的神秘学院的信，然后推着车子撞墙就能进入神秘世界，类似《哈利波特》那样的。

程星林耸肩："好吧，似乎很厉害的样子。你能不能先告诉我，什么是物灵？还有，你为什么要找我？以及，我现在是在做梦，还是在真实世界？"

"少年，你很啰嗦。"

"……"

他只是问一些基本问题，怎么就被吐槽"啰嗦"了呢？

"如果你不想死的话，三天内来找我，记住，在学校古堡。"丢下这句话后，对方又跟风吹黄沙一样不走寻常路地消失了。

程星林抓狂地吼着："把话说完再走啊，你这样话说一半真的会逼死处女座的！"之前说"明天"，现在又延长到"三天内"，三天内他要是不去，是不是会变成"一周"？

那个人离开后，周围立刻被解冻，同学们又正常地说笑行走，四周又嘈杂了起来，站在那里一动不动的周满超也眨巴了一下眼睛，然后继续先前的动作："你疯啦，干吗掐自己？"

说完，他看了看自己的双手，又看了看程星林，对方正好整以暇地看着他，并没有做出自残的动作，而自己却双手上抬做出了拉扯的姿势。

周满超狐疑地抓着头发嘟囔着："奇怪，你刚刚明明是在掐自己，我想上去劝来着，怎么一眨眼就没事了，我这是在做白日梦吗？"

程星林吸了一口气。

周满超的遭遇说明了一个问题，刚才所发生的一切不是他在做梦，"那个人"是真实存在的，只是周满超和周围的同学都被"定"住了。

想到这里，程星林的后背一阵发凉，比起刚才见到那位神秘人时的淡定，此时的他有了截然不同的感觉。

许久，他吸了一口气，说道："周满超，你说，你要去古堡找书，是吗？"

"怎么，你愿意陪我去?"

程星林颔首："对。"

"果然是好兄弟!"周满超高兴地搂着程星林的肩膀径直往前走，"周六我们过去看看，怎么样?"

"一言为定。"

第三章
契 约

　　夜幕降临，外面没有星光也没有月光。在这个被雾霾统治的城市里，不论是白天还是晚上，程星林已经很久没有看过清澈明朗的天空了。

　　坐在电脑前的程星林打开网页，搜索有关学校古堡的资料，但除了能在图片库里找到一些图片之外，没有其他有用的信息。最后，他去了学校的贴吧，找一些怪谈类的帖子一个一个看，最后终于找到了有关古堡的传说。

　　传说古堡是连接异世界的传送门，只有在特定的时间才能打开。曾经有探秘的学生在里面看到有怪物出没，也有飞碟在里面降落，甚至还有人信誓旦旦地说看到了外星人。总之，那里是个很奇异的存在。

　　后来，有一个叫"三刀"的小混混带着一群不良少年前去探秘，说要打破那里的魔咒，让科学如春风细雨般滋润迷信者的心灵。他进去后，据说没有发现异常，因此便留了一本书，专门用来追女生的，还对外放出话来："拿到书的人就能追到女神，里面有泡妞三十六计。"

　　呃……

　　看完这段故事后，程星林不自觉地翻了个白眼。

　　他的脑袋里想起了《海贼王》里的一个片段：罗杰跪在行刑台上

说：想要我的宝藏吗？如果想要的话，那就到海上去找吧，我全部都放在那里！

可是，这哥们儿没放宝藏，居然放了一本《泡妞三十六计》，结果引来了周满超这种智障同学的瞻仰，而他也会成为其中一名"寻宝者"。光是想想，就莫名地想哭。

心里吐槽完了，程星林继续往下看。帖子的最后说，随着时间的推移，探秘的学生变得越来越少，导致它变得更加神秘而诡谲。但三刀偶尔会出现在古堡里，做一些很奇怪的事情。刚开始他都是单独一个人，后来就变成了三个人，穿的衣服也很奇怪，他们从来不解释原因，只说"为了拯救世界"。

"原来古堡的故事这么无聊啊。"

看完后，程星林在电脑前伸了一个懒腰，好一会儿，他才磨磨蹭蹭地关机。关上灯后，他躺在床上闭目养神，不到片刻就陷入了沉睡。

午夜，黑暗的天空有了些许星光，点点碎光穿过窗户透过狭窄的窗帘缝隙斜斜地照在程星林的脸上，晕晕的光圈在他脸上跳跃着，如小精灵一般。

此时夜色正好，房间里也充满了静谧而安详的味道，睡梦中的程星林翻了个身，双手抱着枕头，脸颊在上面蹭了几下，枕头上胸大脸萌的妹子被他蹭得有些变形。

忽然，窗外出现了一道巨大的黑影将星光遮挡住，而程星林的房间也像被这黑色的影子给整个吞掉了一般黑得可怕。那道影子无声无息地从窗户的缝隙挤了进来，化作黑色的怪物，张大嘴巴对着程星林扑了上去。

几乎是同一时刻，一道"X"形态的光芒一闪，正中怪物的脑袋，那只怪物还来不及惨叫，就化为了一滩血水，浓郁的黑气在房间里蔓延开来。

契约

昏暗中，先是红色的瞳孔出现，紧接着是紫色的眼眸跟着睁开。这个神秘人走到程星林面前，注视良久后，伸出手，修长而冰冷的指尖触碰程星林的额头，瞬间，一道银色的光芒注入了程星林的脑袋，接着，一道白色的光芒从他的脑袋里冒出，形成了虚无的白色形体，像是人类，但又不完全相似。

低低的笑声空灵而邈远："不错呢少年，你身体内的物灵居然是这样的品种。"

正在熟睡的程星林仿佛有所感应一般，他翻了一个身，掀了被子，右腿很不雅地架在被子上。

第二天，程星林被难闻的气味给熏醒了。

他爬起来的时候，刚穿上鞋还没走一步，脚下一滑，整个人很狼狈地跌倒在地。

"哎哟。"他一边揉着屁股一边往下看，这才看见地上有一滩黑黑的东西，自己手上也沾了这些恶心的液体。好在那一滩黑东西不算很多，他很快就用纸巾将地清理干净了。

清理完毕后，他这才想到：哎？我刚才清理的东西是什么？

愣了一会儿后，他又去翻垃圾桶，纸巾上面的液体黏糊糊的，看着很恶心，黑中泛红，不知道是什么东西。

最近他怎么老是遇到怪事？

把房间仔仔细细地收拾了一番后，程星林才走出房间。

周六一大早，周满超就站在程星林家的门口等他，过了老半天，程星林才戴着口罩慢悠悠地走出来。

见他那不急不慌的样子，急性子的周满气得直跺脚："你就跟小女人一样又慢又扭捏，你能不能男人一点？"

程星林反唇相讥："你不慢不扭捏，也没见你像个男人啊。"

"友尽，友尽，这次我绝对跟你友尽。"

"是了是了，你都说几百次了，我都听腻了。"程星林很无所谓地掏着耳朵，"看来今天我不用去古堡了，某人已经打算跟我绝交了。"

听到这话，周满超的脸上立马堆满了笑，他迎上去很贴心地搂着程星林的肩膀说："哥，我开玩笑呢，晓晓不了解我，你还不了解我吗？"

"为什么这番话听起来怪怪的？"

"哪里怪了？"周满超猛摇头，然后拉着他边走边说，"哥，我这不是紧张嘛！为了晓晓，我什么都愿意付出，我这是实在没办法了，不然谁愿意去古堡那种地方呀。我昨晚在学校贴吧看了一晚上的怪谈和攻略，你别说，光是看着那些文字，我都觉得害怕，更别说去了。"

"你胆子一向比我大。"

周满超揉着胸口，拉着苦瓜脸说："哥们儿，我也有胆小的时候，你懂的。"

两个人在一路交谈中来到了学校附近的古堡。

这座古堡破败灰暗，从外形来看像是欧洲中古世纪的风格，大门微开，里面黑漆漆的，什么也看不清，外面有一圈栅栏，上面爬满了蔷薇花藤。古堡四周杂草丛生，后面有一大片区域的草长到了一个人的高度，看上去尤为荒凉。

程星林被这景象吓到了，他战战兢兢地说道："看着怪瘆人的，说老实话，我有点怕。"

周满超脸上表现出来的是男子汉的表情："为了晓晓，我不怕！"可是，他那不停抖动，仿佛下一秒就会跪下去的双腿却无情地出卖了他。

程星林提议："你在发抖，要不别去了，或者再多找几个小伙伴？"

"我们都来了，回去岂不是很没面子。"周满超的双腿依旧在抖动，"要是被晓晓知道了，我就更没机会了，再怎么怂，我也不能在她眼里留个窝囊废的印象。"

好令人感动，可惜这些晓晓都看不到。当然，内心深处，他也不希望晓晓看到。好吧，从自私的角度来说，他希望晓晓的男友长得帅、成绩好、家境好，各方面全优最好了。

至于周满超……他们是好兄弟没错，但在亲爱的妹妹面前，兄弟情义就要靠边站了。

经过一番心理建设，程星林和周满超终于踏进了古堡。古堡里面黑漆漆的，墙壁上爬满了蜘蛛网，黑色的浮尘在空气中游荡着，即便戴着口罩，程星林依然感觉到有灰尘被吸进了鼻子里。

走到二楼时，程星林看到一个男生闭着眼睛，身体悬空，他的头顶有黑色的气团往里面钻。而在男生的旁边悬着一个穿着黑色斗篷的男人，他看不到对方的脸，只能看到两道阴森森的绿光，像是鬼怪片里的无头鬼。

"妈呀，鬼啊——"

这一幕吓得程星林哇哇大叫，他几乎是连滚带爬地往下跑。因为过度害怕的缘故，他全身都在发抖，逃跑的过程中身体一歪，狼狈地滚下了楼梯，脸上的口罩被拉出了一个大口子。

"怎么啦？"

周满超吸了一口气，他完全不明白程星林为什么会出现这么大的反应。他扭头环顾四周，二楼除了暗了一点，并没有什么异常情况呀。

"鬼、鬼呀——妈妈呀，我错了，我再也不要来这种鬼地方了！"

程星林一边哆嗦一边爬起来，也顾不得身体有多痛，继续往前跑。倏然，他的脚下踩空，身体一斜，右边的腿像踩到了沼泽地一样往下陷落，他费了好大力气才把腿抽出来。这时，他的脚下出现了一圈圈银色的光波，上面印着一个人的脸。

这张脸长什么样子，程星林根本没有勇气看，他只顾哭喊着往外面跑，而在他的身后，无数透明的怪物追着他跑，在他的脚下，银色的光圈一圈比一圈大，形成了巨大的光波。

当这些怪物张牙舞爪，即将接近程星林后背的瞬间，光波猛然拉了起来，将这些怪物全部吞噬殆尽。

"程星林，你到底怎么啦？"

这时候，一脸茫然的周满超追了出来，直到离古堡很远了，程星林才累得停下来，瘫坐在地上。他的身体瑟瑟发抖，脸色苍白，看上去像受到了极大的惊吓。

许久，程星林躺下，猛吸一口气。站在他旁边的周满超席地而坐，嘴巴嘟囔着："你搞什么飞机？"

"我看到了，看到了……"程星林露出了惊恐的表情，他爬起来看着周满超，"你没看到吗？恶鬼在吸食人的脑子。"

"我看是你的脑子被恶鬼吸食了，才会说这些话。这世界哪有鬼！"

"我真的看到了。"

"我们一起去的，为什么你看到了，我却没看见？"

"你没看见？那么大的一个人悬在空中，还有一个戴着帽子的也是悬着的，还有……"

"还有你个大头鬼！"周满超敲他的脑袋，"我知道，你心里不希望我追到晓晓，从一开始我就知道，当然，我说这些话不是想要责备你，因为……如果我是你，我也不喜欢自己的校花妹妹被一个一无是处的男人追到手。"周满超的话题转得太过突然，以至于程星林都没反应过来，之前的恐惧也被周满超这神来一笔给冲散了许多。

"喂，我不是这个意思，你别妄自菲薄。"

周满超苦笑道："我知道自己长得不好看，学习中等，家境也一般，不管从哪方面看，我都配不上晓晓。但是，我就是喜欢她，怎么也控制不住自己。以前觉得远远地看着就好，后来想着只要能跟她说话就很开心，现在却想成为站在她身边的男人。我的欲望不断地增加，可我的实力却停在了原地……"说到这里，周满超涩然一笑，眼角依稀有泪光："可是程星林，不是我不想努力，成绩我可以改变，长相和家境却不是现在的我能掌控的。"

看着突然正经起来的周满超，程星林一时间也不知道说些什么安慰的话才好。

沉默良久，周满超拍了拍程星林的肩膀，说道："所以，你没必要装神弄鬼吓唬我。你的心情我都明白，可我是不会放弃追求晓晓的，现在的我确实配不上她，但我会努力变成一个值得她托付终身的男人。"

"听起来又励志又感人。"程星林在这个时候依旧不忘吐槽本能，"但事实是，你努力了很久，成绩一直保持中等。"

周满超撇嘴："有你这么回应热血少年的吗？"

"我说事实而已。"

"友尽。"

丢下这两个字后，周满超撇下程星林一个人径直往前走，孤单的背影颇有些落寞的味道。

等周满超走远了，程星林的嘴角一抽，这才反应过来：怎么被转移了重点？现在对他而言更重要的是关于古堡里发生的一切。于是，他爬起来追向周满超："我承认对于你喜欢晓晓这件事，我确实有私心，可刚才我真的没有装神弄鬼，我真的看到了……"

他的话还没说完，就被周满超打断了："不用解释，其实我都明白，以后的我会更加努力的。"

"我觉得我应该报警，我刚才看到一个跟我差不多大的男生悬在半空中，不知道是死是活。"

"我觉得你应该去精神病院。"

"我真的看到了，你相信我。"

"我只相信自己的眼睛。"

"会闹出人命的。"

"闹出人命的话，你跟我会活着出来吗?"

程星林无言以对。

周满超当他疯了，他现在说什么都没用，可他没有说谎呀。难道在古堡的时候，真的是他出现了幻觉? 要不要再回去看看呢? 可是一想到里面的场景，他的双腿就打哆嗦。

或许，是看错了吧。

回去之后，程星林调整了一下自己的情绪，然后敲响了妹妹程晓晓的房门。程晓晓开门看见哥哥，露出了灿烂的笑容: "哥，你不是出去了吗，这么快就回来了?"

程星林朝着她的房间张望: "我能进去吗?"

程星林虽为宅男，但内有一颗绅士的心，他从来不私进晓晓的房间。

"进来吧。"

晓晓的房间和她的人一样，打扮得特别梦幻，到处都是粉红色，房间里摆放的公仔都是动漫里的可爱角色，而她的穿着也偏向梦幻风格，一身哥特萝莉风格的衣服穿在身上，配上白色的花边袜子和黑色的圆头皮鞋，衬托的她像是漫画里走出来的公主。

"哥，你脸色怎么那么难看?"

程星林慌忙道: "可能、可能是太劳累了吧。"

"最近哥哥天天晚上学习到很久呢，你不用那么拼命的，虽然说努力才能成功，可如果怎么努力都没办法成功的话，那就没必要吊死在一棵树上。哥哥这么优秀，以后肯定能找到其他的出路。"

程星林尴尬地笑着，他每天晚上熬夜都是看动漫，刚才晓晓的一番贴心的话语，让他有些无地自容。

他是什么样的人，他最清楚，可晓晓说"哥哥这么优秀"，他优秀在哪里呢? 虽然他自己经常在心里嫌弃周满超长得丑、成绩一般，配不上晓晓，但实际上，他这个哥哥也好不到哪里去。他的学习比周满

22

超还差，长相也只是普通，活到这么大，也没有几个女生愿意接近他，所以他习惯了沉浸在虚拟的世界里，那里能给他找到片刻的慰藉。

"我知道，以后我会注意劳逸结合的。"

接着，程星林问道："晓晓，你喜欢什么样的男生？"

"嗯？"

"没什么，随便问问，我们晓晓长得这么美，对男生的要求一定很高。"

程晓晓微微一笑，说道："我的要求很简单啦，他不用长得特别帅，只要能够全心全意地对我好，我提出来的要求都能做到，任何漂亮的女生走到他面前都不会斜眼，最后，心地一定要善良。"

这要求——

真高！

看来他不用担心晓晓被一般的男生给骗走了。

回到自己的房间，程星林准备开电脑看动画，可想起刚才晓晓说的那番话，又觉得很羞愧，挣扎了半天，最后从书桌里翻出了一些书，坐在那里像模像样地看了几个小时。

时间一分一秒地过去，他看书看得入神，这是他第一次如此用功。忽然，他感觉到有人在拍他的肩膀，程星林回头一看，只见一团团紫云浮动在眼前，他张大嘴巴想说话，可是紫云飞旋着缠绕在他的脖颈间，支离破碎的声音自他的喉咙里发出，到嘴边变成了低低的"咔嚓咔嚓"的声音。紧接着，紫色的云像一条滑动的蛇从他的眼睛里钻入。

空中，空灵般的声音在他耳边炸开：

以己之血，与尔契约。

生死相依，物灵为结。

第四章
贵少爷

最近几天，程星林的心总是悬着。

就好比此刻，他和妹妹程晓晓以及小伙伴周满超正在学校食堂吃午餐，妹妹和小伙伴拿着筷子大快朵颐，他却举着筷子悬着手，惊恐地看着碗里的饭菜一点一点地变少。

"哥。"程晓晓拿着筷子敲碗，"我都快吃完了，你怎么还不吃？"

程星林皱着眉头看着不断变少的饭菜："饭变少了。"

程晓晓看了一眼他的饭碗："什么呀，明明就是一大盘子。"说着还端起他的盘子往自己的碗里倒，"你不吃，我替你分一点。"周满超也端起碗跟着起哄："还有我。"

程星林抬眸看向晓晓，只一眼，他的瞳孔便折射出了恐惧的光芒。此刻，晓晓的身侧正坐着一个面容苍白的俊美少年，他有着一双异瞳，一只红色，一只紫色，与脸色不相符的是他红艳艳的嘴唇，看上去就像刚喝过血。

少年沉沉地看着他，然后拿起筷子夹起一根白菜，还没等他吃，程星林猛然站起来拍掉他手里的筷子："跟我妹妹坐这么近干吗？"

"哥？"晓晓被程星林突如其来的动作吓坏了，她揉着被哥哥打痛

的手不解地问，"你在跟我说话？"

程星林错愕地发现，少年凭空消失了，而自己刚才出手打的是晓晓的手。

"哥们儿，你神经错乱了吗？"周满超歪着头，"不就是分一点你的饭吗，至于吗？"他知道程星林是个妹控，可他们也是好兄弟啊，他趁机想跟晓晓分一碗饭来满足间接亲昵的幻想，这么一个小小的心愿，有必要这么打击吗？

"我……"程星林抓着头发，整个人都有些混乱，"我刚看到晓晓旁边坐了一个陌生人，而且还想偷吃菜，所以……"

"你肯定是在那次古堡探险中留下了后遗症。"周满超笃定地说，"自从那次以后，你总是奇奇怪怪的。"

是这个原因吗？

仔细想想，自己最近的心神不宁，确实是从那次古堡探险之后才开始的。那天之后，他总感觉怪怪的，可又不知道哪里怪。之前在房间里似乎看到了怪人，还被"缔结契约"，可等他醒过来的时候，发现自己直挺挺地睡在床上，并没什么异样。至于在古堡看到的悬起来的男生，后来他也关注过各种凶杀、拐卖、失踪的新闻，但他所在的城市这段时间似乎非常宁静而祥和，没有不幸的事情发生。而他之前遇到的神秘人告诫他去古堡，给予的时间限定早就过了N天了，他依旧活得好好的。所以久而久之，他也就淡忘了这些事。

不过，一想到自己跟周满超去古堡，他又忍不住叹息。

他的妹妹是校花级别的美女，身边从来不缺追求者，那些爱慕者站在一起都能组建一个偶像战队了，随便丢进哪家影视公司都能被捧成人见人爱、花见花开的小鲜肉。

而周满超呢？

程星林看着他的脸，忍不住哀叹了一声。

现在是看脸的时代，所谓"脸不能当银行卡刷，我爱的是你的灵魂"这些话都是骗骗看小说的"矮矬穷"，没有不能刷卡的脸，别指望有人会了解你那"美得不能直视"的灵魂。真爱恒久远，主要还看脸。

"喂，你这是什么眼神?"周满超被他盯得全身发毛，"我可是身心健康的男人，我已经有心上人了，你就不要自作多情了。"

程星林白了他一眼，回击道："不要自作多情的是你吧，出门的时候记得戴口罩，现在雾霾这么严重，你长成这样，不戴口罩再被雾霾熏一熏，都能成外星生物了。"说着，他还从口袋里掏出口罩丢到周满超的手里。

周满超哼哼唧唧正想反驳他，结果程晓晓的一句话让他心碎了一地："哥，你能不能委婉点，不能人家长成什么样你就说成什么样，一点都不顾及别人的自尊。"

女神大人，您这是高端黑好吗?

周满超忧伤地坐在原地，内脏都要大出血了。

清晨，程星林睡眼惺忪地起床，他摸索着抓起床头柜上的眼镜戴上，原本模糊的视线瞬间清晰了。

收拾一番后，他走到客厅，爸爸妈妈正在吃早餐，妹妹程晓晓为了保持身材只喝牛奶，吃几片全麦面包。他顺势坐在她身边，然后听到桌子对面的电视机里报道着有关雾霾的信息。按照上面的报道，他所在的城市雾霾值爆表。

吃完饭，他和妹妹习惯性地戴上口罩出门，而周满超正站在他们家小区外等候。为了能更多地和自己的心上人相处，他这个小伙伴早起晚归也要等她，也是蛮拼的。

"周满超，现在雾霾这么严重，你怎么不戴口罩啊?"路上，程晓

晓忍不住问道。

被女神关心，周满超受宠若惊，他说："没事，我吃了十几年的地沟油，已经百毒不侵了。"

程星林"呵呵"了一声。他知道周满超为什么不戴口罩，因为他说过，想让程晓晓多看看他的脸，然后把他与众不同的帅气面孔永远记在心里。毕竟晓晓的追求者多如牛毛，他要是不混个脸熟，很容易变成路人甲。

不过，以周满超的长相，光是看一眼就能让人扭开脸，真是丑得不能友好地玩耍。为什么他们会成为小伙伴呢？因为他是高度近视，当初他们被分到一个班，当时他没戴眼镜，跟对方聊了几句觉得他很幽默，就说"交个朋友"吧，等戴上眼镜后，话已说出口，总不能说"你长成这样我不想跟你成为小伙伴"吧。更何况，他交的是朋友，又不是女朋友。

这边的程星林脑洞大开想着以前的事情，那边的周满超有一句没一句地勾搭着自己的女神，不知不觉就到了学校。

上课的时候，英语老师在讲台上说着美式发音和英式发音的区别，并且还配合口音和故事，学生们听得津津有味。程星林对发音没什么兴趣，对他来说，最痛苦的就是学英语。以他的意思，他一不出国，二不和老外交流，学什么英语！自己的语文都学得一塌糊涂，实在不应该一心二用跑去钻研英语，能把语文学好就应该烧高香了。

就在他发呆的空当，周满超扔了一个纸团砸在他头上，他展开纸条，上面写着："你在发什么呆，好好听课。"

哎哟，周满超这厮好端端地关心起他干什么？肉麻得令人鸡皮疙瘩都起来了。他爱慕自己妹妹多年却只能当个小透明，现在还走起了"曲线救国"的路线，想起来也蛮令人心酸的。

下课铃声响起，程星林火速起身准备去厕所解决下生理问题，可周满超却偏要拉着他去操场玩儿文艺小清新。每次下课的时候，程晓晓都会在操场小跑一会儿，女神之所以身材那么好，也是有原因的。当然，也因为女神这样的习惯，给众多爱慕者提供了膜拜的场地。

就这样，程星林憋了一膀胱的尿被周满超拖去了操场，然后就看到了扎堆的人群——十有八九都是男生。长得好看的陪着女神跑，长得一般的站在一边围观，而长得特别丑的像周满超这种，则找了个自以为很显眼的地方站了上去，然后45度仰望天空，眼角没泪就用手指抹点口水在上面，时不时地喃喃低语：我很忧伤，忧伤得像要死去一般，于是我时常泪流满面，让悲伤逆流成河。

程星林听得差点吐了，心里想着，他长得就够忧伤了，还需要在这矫情地喊吗？他在这独角戏了半天，程晓晓压根儿就没注意到他。

程星林被尿憋得要失禁了，他急冲冲地要去厕所，可跑了一半却看到晓晓肩膀上坐着一个少年！

是的，他没看错，是一个少年！他双手端着茶正优雅地喝着，修长的腿半悬着，脚后跟敲打着她的小腿。

妹可忍哥不可忍，而且这个想吃他妹妹豆腐的小子他不是第一次看到了，管他是不是人，先喷为快。

程星林三两步上前，伸手就抓着少年的衣领恶狠狠地说："终于让我抓到你了，看你今天往哪里跑！"他顺手往下一拽，可少年安然坐在上面，身体一动不动，他再使力，可依旧无法让少年挪动半分。

"你这混蛋！"程星林双手并用，眼睛里几乎要冒出火来，恨不能立刻将眼前的少年给焚烧成灰烬。

只听"嘶啦"一声，晓晓惊恐地喊道："啊，哥，你在干什么！"周围也一片哗然。

周围的嘈杂声像被异次元的力量给隐匿了一般寂静无声，程星林站在中间，面前是被撕破上衣的妹妹用恼怒的眼神看着他，四周的学生对着他指指点点，三五个人凑在一起用怪异的眼神看着他。

鄙夷、惊讶、不解、疑惑……

"哥，你疯了！"

"你怎么能撕晓晓的衣服，你肯定不是他亲哥。"

许久，晓晓的抱怨和周满超的不满声在他耳边渐渐变得清晰，周遭的声音又恢复了正常的分贝。

"不是这样的！"回过神的他立刻解释，"我看到有个怪男人坐在她肩膀上！"

"你说你是不是精神错乱了？"周满超把程星林往教室的方向拖，"幸亏你是晓晓的哥哥，不然你这种行为分分钟被女生举报到校导处记大过！"

程星林急得跳脚："你相信我，我真的看到了。"

周满超停下来，他正面瞧着程星林，努力摆出酷酷的姿态："你觉得我长得帅吗？"

程星林阴沉着脸，语气冷冷地说道："你不问这个问题我们还是好朋友。"

"……"周满超沉默了半晌才阴腔怪调地说，"相信你……才怪。"

如果他们中间没有程晓晓，也许两人之间的"友谊"早就崩成灰了。

程星林相信自己没有精神错乱，"他"一定是存在的。仔细梳理了一下最近遇到的情况，最后，程星林还是将目标锁定在离学校不远的废弃古堡。

最近遇到这么多怪异的情况，程星林感觉他的生活正发生着微妙的改变。冥冥中，似乎有股神秘的力量在牵引着他再回到那里，尤其是最近，这种牵引变得越来越强烈。

为了验证自己的猜测，程星林强拉着周满超再次来到废弃的古堡前，虽然心里特别害怕，可是为了自己，也为了晓晓不被怪人侵害，他必须弄清楚这件事。

此时，周满超站在古堡外，手里拿着程星林的手机玩游戏，过了很久他才抬头："上次你还没被吓破胆吗？这次你不会尿裤子吧？"

程星林没想到他这么不给自己面子，看来要怂恿他陪自己进去，只能拉重量级人物来给他壮胆了。"我真的看到晓晓身边有人，但你们都看不见，也许在这里能找到答案。你可以选择不去，毕竟我是她亲哥，义不容辞，你这个不相干的人就……"

周满超立刻站直身子，显出一副无所畏惧的样子："为了晓晓，就算是死也值得！"

有了他这句话，程星林也吃了定心丸。让他单枪匹马进古堡，他的腿会抖得挪不动脚步。

拨开带刺的藤蔓，程星林一步一步走进古堡，当他推开门的瞬间，阳光倾泻进去，细碎的尘埃在光线下跳跃着。

"你终于来了，呵呵。"这低沉而魅惑的声音像远古的幽灵，带着穿破声脉的震荡，直达他的耳膜。

心跳不断加速，呼吸也变得无比急促，他捏起拳头，手心已经汗湿了。

"你听到声音了吗？"程星林的声音颤抖不已。

"什么声音呀？"周满超只觉得心里毛毛的，"这里阴森森的，不如……不如回去吧！"

周满超本来胆子挺大的，可今天古堡的气氛跟上次不同，这一次他每走一步都感觉到有什么东西在抓他的腿和手，可等他去看的时候又什么也没有，但那种感觉是真实存在的，似乎他身边有一些"不干净"的东西，只是他的肉眼看不到罢了。

"我必须要搞清楚这件事……"程星林的双腿在颤抖，"你不是说为了晓晓死也不怕吗?"

听到晓晓的名字,周满超像打了鸡血一般,赶紧表忠心:"晓晓……为了晓晓,我当然什么都不怕。"

程星林吞了一口口水,强自镇定地说道:"那就跟我一起走。"

然而,身侧的周满超并没有跟上程星林的步伐。许久,没听到动静的程星林回头,只见周满超呆站在原地,双眼空洞,身体僵硬,就像被冻住了一样。过了一会儿,他忽然喊了一声"妈呀",然后头也不回地跑了出去。跑到门口时,周满超忽然止住脚步。他怎么可以丢下程星林一个人逃跑呢?刚才他无意间看到了一些可怕的东西,逃跑完全是出于本能。也不知道里面的程星林怎么样了,想到这里,他毫不犹豫地折身,就在这一瞬间,一道迷雾迎面冲来,进入了他的身体。片刻之后,他的双眼变得空洞而呆滞。又过了一会儿,他才摇摇晃晃地往前走,嘴里碎碎念:"封印咒……"

"说好是兄弟,你怎么可以丢下我!"古堡里,程星林原本想追上去,可他的双脚像被缠住了一般,动弹不得。

耳边,那道低沉而鬼魅的声音炸响:"上来,让我们正式地见一面。现在,你只能前进,无法后退。"

既然无路可退,程星林只好咬咬牙,朝着声源处走去。

二楼光线昏暗,靠窗的位置有一把红色的镂空椅子,穿着一身紫色骑士长袍的少年坐在那里,他闭着眼睛,脸色白得像一张纸,嘴唇红艳如蔷薇花瓣。

"啊,很高兴能与你交谈,我的召唤者……"

少年缓缓张口,低沉的声音像一双无形的手抓住了他的心脏,让他的后背感觉凉飕飕的。随即,少年睁开双眼,红紫色的异瞳在这个幽暗的房间里就像苏醒的困兽。

许久,程星林战战兢兢地问:"你是谁?你一直缠着晓晓有什么企图?"

少年勾起唇角,修长而消瘦的手指交叉,他尖尖的下巴磕在手背上,用一种带笑的语气说:"少年,是你把我召唤到这个世界的。现在,人家是来找你负责的。"说完,还调皮地眨了眨眼,这个动作与他深沉的形象完全不搭。

这,到底什么跟什么啊?!

"我什么时候召唤过你?"

"这不是重点,重点是上次我们已经缔结了契约。"

"我怎么不记得了?"

"你第一次来古堡后回家,是那天晚上的事情,你不记得了吗?"

他当然记得,但第二天醒来没察觉出任何异常,他也就把这当成了一场梦,却没想到这一切都是真的。

"你……上次二楼……的男生……是被你吃掉了吗?"

少年摊手:"那个男生自己跟物灵做交易,出卖了自己的灵魂,跟我无关。"

"他死了?"

少年很有耐心地回答道:"应该没有,不过跟死也差不了多少。"

"那你召唤我来这里,是为了什么?"

"见面,然后让你知道,我们现在是契约者的关系。"

"就这样?"

"当然不止,你要替我去战斗,然后送我回原来的世界。"

"……"

程星林猛摇头,他一定是在做梦,等醒来就好了。

想到这,他又转身,一步一步地往下走,而少年始终保持着微笑坐在椅子上,并没有阻拦他的离去。

第五章
抉 择

坐在班里，程星林很郁闷。

因为上次撕衣服的事情，一连几天晓晓都不搭理他，也不愿意跟他说话，每次上学和放学，他都只能远远地跟着。当然，烦心事还不止这一点，因为他莫名其妙多了一个"鬼魅"的跟班，除了他自己，谁也看不见"他"的存在。

程星林扭头，这个家伙穿着中古世纪贵族的华贵衣服，还跷着腿坐在他身侧，手里捧着一杯绿茶，喝得两边脸颊泛起了红晕，嘴角挂着满足的微笑。

因为在班上对着空气说话会被同学们误认为是"神经病"，所以他趁着下课的时间找了一个拐角瞪着少年说："你要跟我跟到什么时候？"

少年喝了一口茶，呼出一口气，笑嘻嘻地回道："等你送我回原来的世界。"

"你就不能自己回家吗？"

"少年，我跟你说了，你是我的召唤者，送我回家只有你能办到。"他呷了一口茶，有些鄙夷地说，"你以为本少爷喜欢粘着你这种死宅男?"

"不满意,你可以滚出我的视线!"程星林压低声音道,"就让我安静地当个美丽的宅男不行吗?"

少年放下茶杯,脸颊上的红晕消散,变成了不正常的白色。他忽然变得无比深沉,表情也严肃不已,只听他不紧不慢地说:"把我送回去,你每天都可以当个死宅男。"

"如果我拒绝呢?"

少年又捧起茶,露出了迷人的微笑:"我会杀了你。"随着他的话落,手里的茶杯变成了一把锋利的刀子:"我从来都不喜欢强迫人,就是生气的时候会做出连自己都害怕的举动,到时候你缺胳膊少腿什么的,那一定不是我干的。"

这家伙绝对是一个精神分裂患者,说这么可怕的事情居然用这么温和的表情,他是招谁惹谁了,为什么会招惹出这么一个定时炸弹?

程星林挫败地叹气:"我要怎么做才能送你回去?"

少年微微一笑:"我闻到了'他'的气息,相信'他'会来找你的。"

"能说人话吗?"

少年把刀架在程星林的脖子上:"你刚才的语气好像很不耐烦?"

程星林嘴角抽搐:"您误会了,我只是想和您更愉快地沟通。啊——"为了转移注意力,他挑开话题:"认识这么久,还不知道少爷您的名字呢。"

"南风晚。"少年收起刀,重新捧起了茶杯,脸上又露出了温良的笑容,"在另一个世界,我可是高贵的少爷哟,比王子还要高贵。"

程星林在心里做呕吐状,他不说话的时候还挺"高贵"的,多接触就发现完全不是这么一回事,哪有这么分裂的高贵少爷?

中午放学,程星林守在校门口等晓晓一起回家。当他看到晓晓时，发现她和周满超在一起，而周满超的表情看起来非常焦急，还竭力地跟她解释着什么。

"哼，还敢在我面前露脸!"见到周满超，程星林还有些怨念。

上次在古堡，周满超丢下自己跑得无影无踪，事后，他以为这家伙会主动找他道歉，结果连个屁也没见他放一个。

想到这里，程星林大步追了上去。他一把拉住周满超的胳膊："你这家伙……"原本想说些负气的话，可话到嘴边就变了："最近怎么都不来找我? 我新买了漫画，有空一起看?"其实这是变相的妥协，当然，如果周满超能意识到错误主动道歉，满足一下他作为男人的虚荣心，那就更好了。

"哎，程星林?"见到安然无恙的程星林，周满超又惊又喜，"我还以为你被怪物吃掉了呢，那天……"后面的话还没说完，他的表情突变，整个人像是被什么东西控制住了一般，眼眸瞬间失去了光彩。

"啪"的一声，周满超挥手粗鲁地推开程星林。他看了程星林一眼后，迅速低下头，然后做贼心虚地跑开了，这反常的举动让程星林很受伤。

什么朋友，明明就是他胆小抛弃了他，不来道歉也就算了，他主动"示好"，他竟然还不领情。

"最近你们两个都很奇怪，刚才他还焦急地跟我说什么你在古堡里，可能很危险，让我跟他一起报警救你。"晓晓摊手，"我在想，你明明在上课，怎么会在古堡里。"

哎? 这是怎么回事?

程星林觉得自己的脑袋扭成了麻花，他有点反应不过来。周满超是不是发生了什么，否则，他怎么会这么反常呢? 他们第二次去古堡已经是一周前的事情了，可听晓晓的意思，周满超以为是今天才发生的事情，难道是南风晚在他身上动了什么手脚?

不过，晓晓因为这件事主动跟他说话，消除了两人之间的隔阂，程星林决定看在这事的分上，不再计较周满超的临阵脱逃。

对于周满超，程星林还是有些不放心。因此，在家吃过午饭后，他没顾得上休息就返回了学校。他跟周满超在一个班，平时中午周满超回学校都很早，所以他早点到班上是为了能第一时间看到这位小伙伴。

可到了班上，他却没见到周满超，一整个下午，周满超都没有出现，想给他打电话，周满超又没有手机。最终，程星林决定晚上去周满超家看看。

不过说起来，他跟周满超认识多年，从来都是周满超来他家做客，每次他提出去周满超家的时候，对方总会以各种理由避开。因此，他只知道周满超家的大概地址，却不知道详细位置。

周满超平时从不缺课，就算是感冒发烧也会坚持上课，今天实在太反常了。此刻，程星林的心一直悬着，心里有种不祥的预感。

最后一节课结束后，程星林跟往常一样先陪晓晓回家，带了一些零钱便出发了。

到了周满超家所在的区域后，他一个一个问人："请问，你认识周满超吗？"就这样像个无头苍蝇一样一路问了将近两个小时后，一个拎着白色塑料袋的中年妇女看了他几眼说："我是他妈妈，你找他有事吗？"

"我叫程星林，是周满超的同学。"

"你是程星林？我知道，满超经常在我面前提起你。"

确认程星林是儿子的同学后，周妈妈放下了戒备，直接带着程星林回了家。

看到周满超的家时，程星林有些不敢相信自己的眼睛。它很破，比他们一起去看的古堡还要破。它远离居民区，在城市的散户一带，

抉 择

房子是平顶房，一间连着一间的那种。这种平顶房他只在某些介绍贫困山区的材料里看到过，却没想到在自己居住的城市也有这样的房子，而自己的小伙伴就住在这里。大门是农村老式的式样，锁也是最陈旧的，现代人早就用插门芯锁，而他们家的锁却是较为古老的挂锁，打开锁后需要把它卸下来，因为小巧还可以随身携带。

程星林跟着周妈妈进入房子后，里面的场景更是看得他鼻子一阵阵发酸。周满超家只有四十平方米左右，厨房和卧室连在一起，家里的东西很多，但摆放整齐，地上零零散散还有一些饮料瓶子、较硬的纸壳，它们堆在一起，像被捡回来的。此时，周满超就躺在床上，床头处放了几本厚厚的资料。

对于家境，周满超只跟他说"一般般，不是很好"，却不曾想到，他连"一般般"都说不上。

程星林走到周满超面前叫了几声，对方却没有任何反应。

"周满超生病了吗？"

周妈妈抹着眼泪，从自己提回来的塑料袋里掏出了一些药盒，按照说明取出几粒，还倒了一杯热水："是呀，这孩子身体一向很好，这次却病得起不来了。"

"那你怎么不送他去医院？"程星林咬牙道，"他这样子像是昏迷了。"

周妈妈端着药，头压得很低，眼泪掉了下来："哪有钱去医院，这年头生不起人，也生不起病。"

呆愣了许久后，程星林从自己的口袋里扒出了一些零钱，他数了数，也就两百六十块钱，他把钱塞进了周妈妈手里："阿姨，这是我的零花钱，你把周满超送去医院吧。"

周妈妈惊慌地推辞道："孩子，我哪能要你的钱。"

"我知道这些钱根本不够，我现在就回家，找我爸妈要钱，你把周满超送去医院，好吗？"

"孩子，我真不能要你的钱，我……"

"阿姨，你别推辞了，病不能拖。"

周妈妈最终还是收下了钱，但之后，她蹲在地上放声痛哭："都是我没用，赚不到钱，让满超连医院都去不了，现在还要用同学的钱来救急，呜呜呜……"

看着周妈妈这样哭，程星林不知道该怎么安慰。他平时都是看漫画、追新番，每天都沉浸在虚拟世界里，对于现实世界的事情，他就是一个菜鸟，什么都不懂，平时就知道护着晓晓不被人欺负，偶尔吐槽周满超几句，就不会其他的事情了。现在想来，他才是真正的混蛋。

他一直吐槽周满超学习上不去，现在他才知道，生活在这样的家庭里，周满超能保持中等成绩已经很了不起了。他呢？每天不学习，却装作很努力的样子，骗取家人的信任。比起周满超，他简直就是个不可原谅的混蛋！

就在程星林进行自我批判的时候，周满超挣扎着起身："程星林，看到你没事就好了。在古堡里我不应该丢下你，事后我也很担心，想要回去，却什么都记不得了，等我想起来去学校找你，却总是莫名其妙地失忆，看来这次我是真的病得很重呢。"

见周满超醒了，程星林立刻上去拍着他的肩膀说道："哥们儿，我没事，你别担心我，倒是你，病了还死撑着。"

"我没事。"周满超虚弱地说道，最后还挤出了一丝苦笑，"没想到还是让你看到了我家……我是不是很虚荣？明明家里很穷，却要装作'能过得下去'，还痴心妄想追晓晓。"

"你在说什么呢。"程星林轻轻地举起拳头象征性地在他的肩膀上锤了一下，"生在哪里和父母都不是我们能选择的，可命运却是自己掌控的。周满超,你已经做得很好了,我以你为荣。"却以自己为耻。

良久,程星林将周满超扶了起来:"走,我送你去医院。"

他跟周妈妈一起将周满超送到医院后做了一系列检查,医生说周满超身体非常健康,没有任何问题,出现突然脑子断片、失忆之类的情况很有可能是过度劳累的缘故,因此建议他回去好好休息。

对于这样的结果,三个人只能选择接受。

夜晚总是容易让人产生暧昧的幻想,年轻气盛的少年更容易对着充满美女的后宫漫画流口水。不过,此刻的程星林可不像平时那么优哉而惬意,他拉着脸坐在床边,一副被人欺负的小媳妇样儿,而南风晚则用酷帅的姿势坐在窗台上,手里端着一杯热腾腾的茶

程星林黑着脸问:"你老实告诉我,你是不是对周满超做了什么?"

南风晚认真地问:"周满超是谁?"

"少装蒜了!"程星林几乎是跳了起来,"上次他跟我一起去了古堡,然后你把他吓跑了。今天我送他去医院,他明明身体不佳,可去了医院检查又什么事情都没有。"

"你是我的召唤者,只有你能看到我。"南风晚笑若春风地回答,"我可是高贵的少爷,吓人这种把戏不是我的强项。"

"你不说真话,送你回去什么的,我可不管!"

"事情变得好像有些严重了呢!"南风晚笑眯眯地从口袋里摸出一把锋利的长剑,"看来,我有必要重视你不爽的心情。"

"有话好好说。"程星林的态度立刻软了,他抽出被单将剑裹住,"这剑看起来就很重,少爷您放着,我替您拿。"

"辛苦了。"

"完全不辛苦。"南风晚猛摇头。等拿到剑后,他扑通的小心脏才恢复正常的频率。

"少爷,我想帮您,总得知道您的事情吧?"

"我是异世界的贵族，因为听到你的强制召唤而来到你所在的世界。在我来到这个世界时，曾经被我镇压在体内的物灵跑了出去，只有收回所有物灵，我才能回去。之前因为身体受创，无法跟你说话，所以我只能偶尔出现吸引你的注意，让你再次回到古堡，这样就能触动契约，我们就可以进行正常的交流。"

"我什么时候召唤过你？"

南风晚继续说："这我就不知道了，或许我们有缘。"

忽然，他闭上眼睛，声音一沉："呵呵，'他'来了。"话落，他的身影像一阵风闪到了程星林身侧，随即伸手拎着他的衣领，从窗户跳了下去。

还没明白是怎么一回事的程星林就这么跟着往下坠，失重的感觉让他神神叨叨地念着："要死了要死了。"双脚落地时，他跪在地上，右手拍着胸口，眼泪横流，他在心底喊道：能活着真好！

就在这时，南风晚伸脚踢了一下程星林："那个人类是不是你朋友？"

程星林抬头一看，只见周满超摇摇晃晃地走在夜色中，走到一棵树前，环手抱着大树似乎不肯走，但不到一会儿，他又松开手，然后疯狂地跑到程星林的楼下，他仰起头张牙舞爪，表情看起来特别可怕。

见到这诡异的场景，程星林起身上前："周满超，你怎么了？"

听到声音后，周满超猛然回头，当他看到程星林时，双眼瞬间变成了红色，并举起双手扑了上去。

还没靠近他，周满超眼角的余光瞄见了南风晚，随即，他惊恐地转身一溜烟地跑了。

程星林察觉到了他的异常，想上去看看情况，却被南风晚拦住了。

"你靠近他会有危险，他变成这个样子，十有八九是被物灵操控了。"

程星林紧张地问："那周满超会不会有生命危险？"

抉 择

"物灵也分善良和邪恶。如果是善良的，他们不会伤害你的朋友；如果是邪恶的，那就未必了。"南风晚接着说："不过，按照刚才的情况看，这个物灵想利用他来袭击你。"

程星林求教："周满超还有救吗？物灵能不能赶走？"

"有。"

他迫不及待地问："什么方法？"

南风晚斜眼看着程星林，他邪恶地说："把他引到古堡，然后——杀了他！"

程星林的脑袋一嗡，一下子就没了信号。

隔天上课，程星林为南风晚的话感到异常苦恼。他想让周满超恢复正常，可按照南风晚的意思是必须杀了他！他真希望自己是在做梦，可最近发生的一切都是真实的，让他没办法欺骗自己。

烦躁间，他回头看向周满超所在的位置，此时的周满超正呆呆地坐在自己的座位上，一会儿像个正常人，一会儿又成了木头人。

课后时间，程星林走到周满超的座位上试探着问："你还记得昨晚的事情吗？"

"昨晚我很早就睡了。"周满超伸着懒腰，"不过好奇怪啊，睡得全身都酸痛。"伴随着他的动作，程星林看到他全身笼罩着一层黑色的雾气，浓雾正在侵蚀他的眼睛和嘴巴，并紧紧地缠绕着他的脖子。

"少年，物灵正在吞噬他。"同一时刻，南风晚的身形慢慢幻化出来，"你可要考虑好，过了今天，他就不再是你所认识的朋友了。"

南风晚的话让程星林非常纠结而苦恼。

他要怎么做才好呢？作为好朋友，他是没办法对周满超下手的。

第六章

友 情

　　饭桌上，程星林与程晓晓面对面坐着，此时妈妈正在厨房里忙活，爸爸还没有回家。

　　"晓晓，我要跟你说几句话。"

　　"嗯，我听着呢。"

　　"我有个好朋友叫周满超。"

　　"我知道呀。"

　　"你听我说完。"程星林的表情特别严肃，"他很喜欢你，之前向你表白过，不过这家伙运气不好，表白错了对象。"

　　"嗯?"

　　程星林将周满超的心意传达给晓晓："周满超一直都很喜欢你，一直、一直都是如此地喜欢着你。"

　　"是这样呀。"晓晓歪着头，眉头皱得高高的，"因为他是哥哥的朋友，所以我也'喜欢'他，但这种'喜欢'，哥哥应该也清楚。"

　　"我说这些不是让你接受他，而是想要把他的心意转达给你。"

　　"哥哥以前为什么不说?为什么不让他亲口对我说?"晓晓不解地问，"好像他不能亲口对我说似的。这样他知道了会不会不高兴呢?

毕竟他之前表白过一次，虽然对象选错了。"

程星林抿了抿嘴唇，眼睛在瞬间湿润了。良久，他转身回了自己的房间，留下一脸茫然的程晓晓。

以前他总是吐槽周满超在雾霾天不戴口罩，每次到学校总是顶着一脸灰尘，偶尔还会当众挖鼻子，挖出来的当然都是黑色的灰尘。周满超总是说自己吃够了地沟油，早已百毒不侵，直到自己去了他家才知道，他连地沟油也吃不起，不戴口罩应该是为了省钱。他放学后会在外面捡一些可以卖的废品赚点零花钱，分担妈妈的重担，平时也会做家务，他所有的学习时间都在学校，中午早早回校也是为了多看书。

而他呢？他过着安逸的生活，衣食无忧，为了私人空间不被打扰，把自己的房间反锁，防止被父母看见。与周满超比起来，他真是太差劲了。

浓浓的罪恶感让程星林无法释怀，他将所有的漫画都收起来封在箱子里，把墙上的那些画也撕下来扔进了垃圾桶，房间里的手办和公仔也都被他收进几个大箱子密封了起来，而后，他把这些东西全部推到了床底下。

从这一刻开始，他再也不要当一个欺骗父母的宅男，他要走出去，他要好好学习，做一个真正的自己。

收拾完后，他打开了房门，客厅里，妈妈刚端上一锅汤。听到开门的声音，她下意识地抬头，一眼就看到了程星林的房间。

这是她这段时间来第一次看到儿子的房间，有点乱，但并不脏。

"妈妈，我一个人收拾不过来，以后我会努力把自己的房间打扫干净，当然，妈妈想进来的话，随时欢迎。"

妈妈先是愣了愣，随后，她的唇角上扬，眉眼和脸上满满都是幸福的笑容。

"我的星林似乎长大了。"

"以后我会更努力，不会让你在其他朋友面前抬不起头。"

"学习成绩优秀自然是好，但比起成绩，我和爸爸更希望你健康快乐。"

听着妈妈贴心的话，程星林第一次感觉到无比的羞愧，他哑声道："我……也……不会辜负你们的。"

他知道父母之间也是会攀比子女的，他成绩不好一直让父母脸上无光，可是爸妈并没有像其他父母一样责备他，类似于"你看人家儿子多优秀，再看看你"之类的话，他们从来没有说过。他得到的，永远都是父母的理解。他们说：我们知道你已经很努力了，成绩还是这样，我们无法责备你。

那时候，他心安理得地接受并无任何愧疚。而现在，他陷入了深深的自责中。好在，这一切都还来得及，他还能去改。

夜幕如同一块大幕布将天空遮住，却无法遮挡亮丽的星光和月光。

程星林和南风晚披着漫天的星光月色来到古堡前，此时的月光皎洁，周遭的一切却显得朦朦胧胧。

程星林一脚踏进古堡，他侧着头问："你确定周满超会来？"

"物灵必须要从我这里拿走属于他们的封印咒才能获得真正的自由，他们想杀了我，但又惧怕我。"南风晚整理着衣领，说话的时候严肃又认真，"一旦我回到这里，他也会第一时间找到。"

"物灵到底是什么？"

"呵，现在才问？"南风晚勾起唇角，眼里的光芒愈发邪恶，"用你们这个世界定位的话，他属于你们人类心灵深处衍生出来的物种。他们本身没有力量，但随着人心的震荡，会变成肉眼看不见可形体能自由活动的怪物，他们能吞噬一个人变成傀儡，也可以让一个人更强大。"

友　情

听起来很复杂，虽然不明白，但感觉很厉害的样子。

跟着南风晚走到二楼的阳台上，他依着栏杆往下看，果不其然，周满超已经站在围栏外踌躇着。

"这么快就追踪来了。"南风晚呵呵地笑着，"这是多么迫不及待地想给我送晚餐啊。"

程星林一字一顿地强调："我今晚陪你来这里，是为了救他!"

南风晚伸出食指，冰冷的指尖摁在他的额头上："那就借着我的力量去救你的朋友吧，不杀他，你就要承受无尽的痛苦。记住，你只有三分钟的时间把物灵从他的身体里剥离出来!"

紫色的光芒自额头注入全身，巨大的疼痛碾压着程星林的身体。接到力量后，南风晚抬起脚很随意地将程星林踢了下去。程星林原本以为自己会摔得很惨，结果他却轻盈地落地，只不过他全身骨头都在痛。

几乎是同一时刻，周满超张大嘴巴咆哮着冲了上来："南风晚，把我的封印咒还给我!"

程星林一个闪避，灵活的身体快速地转移到一边，然后又移到周满超后面，朝着他后背的黑影一阵劈砍，再揪着影子往外拉。周满超扭动着身体想反抗，可他怎么也够不到后面。

僵持了半天，程星林始终无法将物灵剥离出来，而身体上的疼痛犹如千万根剑刺在身上，痛得他冷汗如雨。

南风晚提醒道："如果你不顾及他的性命，你就不用痛苦，现在反悔还来得及!"

程星林咬牙回道："虽然我怕痛，但身为一个男人，如果连为朋友忍受三分钟痛苦的觉悟都没有，那不如死了算了!"

"现在倒是挺有义气的。"南风晚拖着腮说，"你不是经常说他丑吗？在心里，你也没少吐槽过自己嘴里所谓的'朋友'吧？而且他喜欢你妹妹，你的内心告诉我，你并不希望晓晓跟他在一起。既然如此，他死了不是更好吗？"

"这事一码归一码！"程星林激动地说，"我不希望他们在一起，是我从哥哥的角度出发，希望妹妹能找到更好的对象；可站在朋友的角度，我希望我的伙伴能平平安安地活着，陪我笑，陪我闹，陪我一起吐槽。"

"我们会吵架，会相互鄙夷，但那又怎样？难道这些小摩擦就能否定两个人的友情吗？"

"你这种活在异世界的少爷，怎么会明白什么是真正的朋友？真正的朋友，就是在关键的时刻能挺身而出的存在！"

话落，程星林闭上眼睛，不顾自己的安危，直接将周满超扑倒在地，两个人在地上翻滚着扭打。周满超因为被控制的缘故，一直处于优势地位，程星林被他揍得鼻青脸肿，但他依旧没有放弃。

眼看着程星林要被打死，南风晚实在看不下去了。

"蠢货。"嘴上骂着，手上却没有停止，南风晚将一枚戒指丢给程星林，说道："戴上！"正在与周满超扭打的程星林接过戒指，而这时周满超一个翻身将他压在身下，双手掐着他的脖子，加大了力道。程星林被他掐得双眼直翻，险些晕过去。挣扎间，程星林费力地把戒指戴在左手食指上，一股巨大的热流从他的手指往全身蔓延，随后，这股热流变成了红与紫的光芒，它就像一条火龙将程星林包裹住。

"以己之血，与尔契约。生死相依，物灵为结。"

南风晚念完这句咒语后，程星林的身体腾空而起，他的身体像在炼狱中被火烧一样，痛得他连叫的力气都没有，只能靠着微弱的挣扎来证明他此刻正饱受折磨。

不到一分钟，程星林猛然睁开双眼，只是，他的双眼一会儿变成红色，一会儿变成紫色，像是两股力量在冲撞，他觉得自己的身体要

友 情

爆炸了。

"痛苦吗？你已经无路可退了！"南风晚的声音没有任何温度，"拿起武器，分割你朋友体内的物灵。"

南风晚的话音刚落，程星林的身侧便出现了一道红色的光芒，紧接着，一把类似于死神镰刀的巨大武器从波光中冒了出来。

程星林也没多想，他双手握住武器，身体不受控制地朝周满超冲过去。他举起双手，拿着镰刀对着周满超的头砍了下去。

"南风晚，你这混蛋，我不想杀他！"

然而，在他强烈的不情愿中，手里的镰刀还是毫不留情地对着周满超的脖子砍了下去。他惊恐地想要闭上眼睛，但奇迹发生了，镰刀斩断的是从周满超脑袋里冒出来的黑影。

黑影被斩断后，像游蛇一样落在地上，抖动了几下便化为一滩血水。

见到这一幕后，程星林的脑袋一片空白，他的灵魂像被抽离了身体，堕入了无尽的深渊。

醒来的时候，程星林发现自己躺在床上，一转头，之前一直笼罩着天空的雾霾不见了，取而代之的是风轻云白。

"哥，起来了。"门外响起了晓晓的声音。

经过一番梳洗后，他和晓晓出门，门外背着书包的周满超早早在路口等着他们，见到两人，周满超露出了灿烂的笑容。

见到活力满满的周满超，程星林的心情豁然开朗。他没事，真好！

之前所发生的一切都像一场梦，幸福来得好突然，他都有点适应不过来了。

沐浴在阳光下，他的耳畔响起了幽幽的声音："忘了告诉你，从我体内跑出去的物灵有上百只，为了让我早点回去，以后还要劳烦你继续受苦受难哟。"

呃……

程星林抓狂地跳了起来："什么嘛，这不是梦！还有，上百只物灵又是怎么回事？南风晚，你还有完没完？"

"哥，你又发神经了！"

"哥们儿，药不能停！"

阳光下，晓晓和周满超两人一左一右地吐槽着，三个人在说闹中朝着校园的方向走去。

第七章
Boss

　　漆黑的夜色如浓墨，外面没有星光也没有月光，霓虹灯的光芒照亮了城市的每个角落，来来往往的人群、川流不息的车流在城市汇聚成无数个小小的点，然后朝着各个方向发散。

　　城市的上空，一道矫健的身影在高楼的顶层跳跃着，那凌厉的动作就像科幻片里拥有超能力的主角，随意地在任何地点游走。

　　在一个居民楼上，一个老人摇摇晃晃地在天台上走着，他站在天台的边缘，抬起脚似乎想要往下跳。

　　就在这时，这道身影飞快地闪了过来，对方一脚把老人踢到安全的地带后，自己的脚尖落在了天台的边缘，仿佛只要动一动就会摔下去。

　　片刻工夫，老人爬了起来，他张大嘴巴，里面慢慢跑出来一个黑色的形体，像是爬行的怪兽，朝着对方扑了过去。

　　"黑暗的物灵呀，等着受死吧。"说完这句话后，那人拔出了身后的刀。这把刀在拔出的瞬间立刻长大了十几倍，变成了超级夸张的武器，上面冒着银色的光芒。他飞跃而起，手里的大刀带着一股磅礴的怒气砍向黑色的形体——

　　刹那间，黑色的雾气散开，最后消失在空气中。

49

斩杀了物灵后，他把大刀插回身后，然后身体像轻盈的鸟在这个城市到处穿梭着。当他在十楼的窗户前穿行时，一扇窗户忽然打开，立刻把他压在了墙壁上。随后，他的身体直线坠落，掉在了一楼。

下面传来撕心裂肺的声音：

"有人跳楼啦！"

"自杀啦，死人啦！"

"怎么跳楼还没血啊，是不是男性充气【哔——和谐消音】呀，还是穿着衣服的充气【哔——和谐消音】"

有个胆大的人上前伸一根指头戳了一下："触觉还挺真实的，这充气【哔——和谐消音】还挺逼真呀。"

……

趴在地上的少年猛地跳了起来，对着十楼扯着嗓子吼："穷货，知道什么是与时俱进吗？什么年代了，还用推式窗户。"

围观的人群先是短暂的沉默，等他们反应过来后，立刻四散奔逃。

"诈尸啦！"

"妈妈，这里有坏人。"

……

上面刚推开窗户的程星林还没明白是怎么一回事，就看到下面先聚集了一群人，过了一会儿，这群人又散了。

程星林见下面没什么事，便想关上窗户，可还没来得及关上，一道身影闪电般地冲了上来，一把摁住他的手。他偏头一看，只见一个约摸十七八岁的少年正对着自己，对方头上绑着一条绷带，身上穿着类似战甲一样的服装，看上去就是一个杀马特非主流。

许久，程星林才将眼光从他的造型转到他是怎么跑到十楼窗户前的，等他定睛一看，发现对方还悬在窗户前。

鬼？这是程星林的第一反应。就在他准备喊妈妈的时候，悬在他

BOSS

头顶喝茶的南风晚丢了一句："哟，这还是个噬灵师，等级还不低。"

程星林问："噬灵师又是什么鬼？"

没等南风晚回答，悬在窗户前的男生突然甩了甩头发，摸了摸额头的绷带，说道："我明明如此低调，居然还是被人认出了身份。"

程星林沉着脸吐槽：你哪里低调了？悬在十楼的窗户前，这已经高调到爆表了好吗？还有，我压根就没跟你说话，能不自恋吗？

"我叫三刀，是个中级噬灵师，既然你知道噬灵师这个行业，看来是圈内人了。"

"三刀？蛮三刀？"程星林做出了扛着大刀的动作，学着《英雄联盟》里面"蛮王"角色的声音说道："我的大刀早已饥渴难耐了。"

三刀额头冒黑烟："我不玩《英雄联盟》，不要把我跟五秒的男人比。"

程星林再次吐槽：不玩，你还知道蛮王的大招能用五秒。

忽然，夜空中红光乍现，一大群黑色的雾气朝着一个方向涌动过去。

三刀手放在额头前，做出了孙猴子看天的姿势，片刻后皱眉道："不好，是物灵群。"

说着，他一把揪住程星林的衣服，把他拖了出去，朝着黑气所在的方向飞奔而去。

程星林被三刀抓着衣领，在夜空中跳来跳去，他的心都提到了嗓门眼，那种起起伏伏的感觉让他承受不住。

"哥们儿，我马上就要期末考试了，放我回去复习，马上就是寒假了，你懂的。"

"努力不一定成功，但不努力一定很轻松。"三刀劝慰道，"平时都不努力，这个时候就应该享受轻松。"

程星林快哭了，他双手合十："不求高分拿钱，只求六十过个年。"

"只要胆子大，天天寒暑假。"

"……"

这是鸡同鸭讲啊。

就这样，程星林被三刀拎着衣领，身体像悬在空中的布偶，在三刀的带领下在城市的上空飞来飞去。

追上黑雾后，三刀停在了一个商业楼的避雷针上。他仰头看着夜空，直接把程星林丢在一边："兄弟，你站在一边等我。"

程星林的脚下一空，身体往下坠落，幸好他眼明手快，双手及时抓着天台的边缘才没有掉下去。

"妈妈呀，我做错什么了？"程星林吓得眼泪都哭成了抛物线，"我只想做个安静的宅男，过年的时候拿个六十分，招谁惹谁了。"

就在程星林哭喊的时候，他的身侧有红色的光芒一闪一闪的，不一会儿，南风晚的身形幻化了出来。只见他悠闲地坐在镂空花式椅子上，双手捧着精致的茶杯，正在那惬意地喝茶，喝到开心的时候，双眼微眯，脸颊还有一点点潮红，怎么看怎么诡异。

程星林张开嘴巴，牙齿都被气尖了："你的契约者命悬一线，你居然还有心情坐在椅子上喝茶？"

"少年，耐心一点。"南风晚一边喝茶一边看着站在避雷针上的三刀，"知己知彼，才能百战不殆。"

耐心个屁，他就要掉下去了好吗？

先把他弄到阳台上不行吗？

掉下去是会死人的！

他还年轻，不想英年早逝啊！

……

就在程星林碎碎念的时候，他的双手渐渐没了力气，手一脱力，身体便直线往下坠落。

"妈妈呀，我错了，我以后一定好好学习，每次都考六十分！"只

求不摔死！

摔死也要给个好看的动作，他不想上本地头条啊！

就在他以为自己死定了的时候，他的身后长出了一对巨大的红色羽翼，随后，他的身体随着羽翼的煽动一点一点往上飘。

程星林回头看着自己的翅膀，眼泪都要掉下来了。

"得救了。"

就在他幸福得快要忘乎所以时，空中的黑色雾气里突然露出了一双犀利的眼睛，那双眼睛血红一片，就像暗夜里嗜血的恶魔。

幽幽的声音在他的耳边炸响："南风晚。"

程星林看看自己，又看看坐在椅子上并悬在他身后的南风晚，觉得有些糊涂："哎？是在跟我说话吗？"

南风晚的表情不变，等他喝完茶后，手里的茶杯便瞬间消失了。

他跷着腿，双手交叉，目光忽然变得无比认真，表情也拉了下来，完全变成了一个冷酷的帅哥形象，与刚才很享受喝茶的样子判若两人。

"夜一凉，"南风晚的声音低缓极了，"果然是你。"

站在避雷针上的三刀拔出了身后的大刀："了不起，居然是一只史无前例的大物灵，抓了你，我就成名人了。"

话音落下，他便挥舞起大刀，身形帅气地跃起，朝着黑雾中的那双眼睛劈了过去。

后面的程星林赞叹道："好厉害的样子，有种救世主拯救百姓的感觉。"

他的话刚说完，三刀的身形还没帅气几秒，黑雾里便伸出了一只巨大的手掌，猛地一挥，就把三刀拍走了，三刀的身影在美丽的夜空中化作一道流星，不见了踪迹。

这一幕把程星林看得眼珠子都要瞪出来了。

说好的帅气呢？说好的当名人呢？

被拍的连影子都不见了，这是什么鬼？

人与人之间还有实力这个说法吗？

空中，黑色的雾气变成了巨大的人形，那双血红色的双眼最为夺目。

"南风晚，没想到能在这里遇到你，你居然也追到了地球。"

南风晚勾起唇角，露出了邪气总裁般的微笑："过来领死！"

"这里是地球，不是我们的世界，你还敢这么猖狂？"夜一凉挥舞着巨大的巴掌朝南风晚袭来。

南风晚依旧坐在椅子上，他的眸光一抬，手上也没见有什么动作，身后忽然飞出上百把剑，这些剑环绕在他周身，形成了淡淡的结界。

忽然，他猛地睁开眼，这些剑像冰雹一样往黑色的雾气上砸去。

拍过来的黑色大手掌被南风晚的剑劈开，这些剑在半途中集合，变成了一把巨大的光剑，如同泰山压顶一般，朝着夜一凉的头顶往下压。夜一凉的周身也形成了一道银色的结界，艰难地抵挡着南风晚的攻击。

夜一凉扯着嗓子吼着："南风晚，你不要逼人太甚。"

南风晚站了起来，坐着的椅子消失了，身体轻盈地落在高楼的天台上，然后朝着夜一凉所在的方向走去。他每走一步，脚下就会释放出一波又一波紫色光圈，这些光圈立刻形成圆形的阵法结界。

看到这个阵法结界，夜一凉露出了惊恐的表情。当然，因为他的本体是黑色的雾气，所以，所谓的惊恐表情也只是脸型扭曲而已。

南风晚眸光一暗："定。"

第八章
降　服

　　光圈内变出了无数道红色的光芒，这些光芒拔地而起，直接刺穿了夜一凉的身体，而后变成了一根根寒铁锁链，不断地把夜一凉往下拉。

　　夜一凉死死地挣扎着、咆哮着，但也改变不了自己即将被拖下去的事实。就在他要被阵法吞没的瞬间，夜一凉低低地笑着："南风晚，你来到这里，果然是弱了很多呢。你今天的所作所为，我都记在心里，他日一旦我出去，我要诛你九族。"

　　南风晚手掌摊开，手心幻化出一把金色的光剑，他把剑架在夜一凉的脖子上说道："为了不让你把我记在心里，我还是先杀了你好了。"话落，没有任何犹豫，他用剑直接贯穿了夜一凉的心脏。但令他意外的是，夜一凉并没有立刻消失，而是全身被一道结界包裹着，整个人像是被冻住了一般一动不动。随后，结界把南风晚的剑弹了出来，接下来，无论南风晚怎么刺，都无法打破结界。

　　"呵，苟延残喘吗？"南风晚收起了剑，"回物灵界再收拾你。"说完，他双手背在身后，霸气地往前走，身后的阵法结界一点一点地变小，最后将夜一凉完全吞没。

　　而此时，一直看戏的程星林张大嘴巴，久久都闭不起来。

好厉害，刚才南风晚出手就像是二次元的打架，真是帅死了。

一切结束后，程星林平稳地落在地面上，跟着南风晚往前走："你刚才真的好厉害！那个夜一凉到底是什么人啊？是不是终极BOSS那种？"

然而，南风晚只顾着走路，面对他的提问，完全当作没听见，连头都懒得回。

"是不是以后我也可以跟你一样，手里能幻化出剑？"

站在广场上，程星林兴奋地闭上眼睛，举手指向天空。他以为睁开眼时手里会变出一把光剑，而天空会阴云密布，动画里那个掌控一切的魔鬼会出现在他的眼前，届时，他会和南风晚一样使出最犀利的绝招，将其歼灭……

但是，当他睁开眼时，眼前只是多了一群广场舞大妈，背景音乐是《小苹果》，大妈们正欢快地跳着舞。

短暂的沉默后，他情不自禁地唱了起来："你是我的小呀小苹果，怎么爱你都——"

等等，怎么跟着唱起来了。嗯，不能怪他，只能怪神曲太魔性了。

只是——

等程星林缓过神来的时候，他站在偌大的广场上，看着跳舞的大妈，听着《小苹果》，眨巴着眼睛，忽然觉得眼前一片昏暗。

这是什么地方？他没来过这里，现在已经很晚了，他身上一分钱都没有，他怎么回家啊！

绝望的咆哮声从心底发出，响透了夜空。

经过一番曲折，程星林终于回到了家。可躺在床上，他翻来覆去，怎么也睡不着。最后，他睁眼，却看见南风晚斜坐在窗台上，手里捧着茶杯，目光遥遥地看向夜空，似乎在思索些什么。

更令程星林觉得奇怪的是，南风晚周身冒着黑气，体内时不时地

降　服

会有黑色的手伸出来，像是在抓着什么。

他赶紧掀开被子道："喂喂喂，你的身体——"

南风晚淡定地喝了一口茶，脸颊再次红了："小妖在兴风作浪，暂时没事。"

"这都什么时候了，你还有心思喝茶！"程星林终于没忍住吐槽起来，"是不是被你封印起来的夜一凉想要出来，而你的力量不够，所以才会出现这种情况？"

按照正常的推理，剧情应该是这么发展的。

南风晚继续喝茶，眼神真诚，语气淡淡地说道："中。"

这么直接地承认了，连掩饰都懒得做，真的是好耿直的性格呀！

"你会不会死？"

南风晚拿着空杯子在程星林面前晃悠："茶喝完了，你家里已经没茶叶了。"

这么关键的时刻，他关注的重点居然是茶叶没了，难道他一点危机感都没有吗？看着这些黑色的手从他的身体里冒出来乱抓，别说是南风晚自己了，就是他这个旁观者，心里都有点发毛。

"你能不能正视一下现在的情况？"程星林指着他身上的黑手，说道，"万一他跑出来了怎么办？"

"这要问你了。"

"关我什么事？"

"我在地球要依赖契约者的力量，他强我就强，他弱，我也弱。"

程星林立刻吐槽："我菜怪我咯？"

南风晚捧着空空的杯子，眼睛上抬睨着他："不然呢？"

他就这么默认这一切都是自己的错了？太恬不知耻了！不能忍，一定要——装怂！

"那现在怎么办？"既然决定装怂，态度就不能太强硬。正所谓大丈夫能屈能伸，更何况在南风晚面前，程星林从来都是缩的，也不在乎继续缩下去。

南风晚依然闲闲地看着他，眼里没有丝毫紧迫感，一直看得程星林都有些不好意思了，才慢悠悠地说道："我刚才说过了，你强我也强。"

程星林等了半天，结果就等来这么一句话，瞬间有一种被耍的感觉。他僵着脸，勉强扯出一个笑容问南风晚："所以，应该怎么办呢？"

"没办法了，只能对你进行魔鬼训练。"

魔鬼训练？听到这四个字，程星林的脑子里自动浮现出无数个画面。

俯卧撑——自己痛苦地做着俯卧撑，南风晚坐在他的背上，拿着鞭子不停地抽："真慢，太慢了。"

长跑——自己跑得精疲力竭，南风晚坐在他的肩膀上，依然拿着鞭子不停地抽："速度，蜗牛都比你快！"

攀岩——自己挂在半空中，南风晚的鞭子直接抽了过来："废物，重新再来！"

跆拳道——自己被人揍得口喷鲜血，南风晚的鞭子还在面前摇晃："起来，揍他啊！"

等等，为什么鞭子变成了皮带，还是豹纹加黑丝模式？

……

程星林打了个激灵，迅速回到了现实，随即看到了南风晚扭曲的脸。他干笑了一声，说道："呵呵，那个……怎么训练？"

"我对男人没兴趣。"南风晚挑了挑眉，淡淡问他，"莫非这就是你单身了快二十年的原因？"

"我也对男人没兴趣，我喜欢的是……你……"程星林本来还没注意，仔细一回味，立即发现不对，腾得从床上跳了起来，喊道："你怎么知道我在想什么？"

降 服

"你忘了？我们本来是一体的，你想什么，我当然知道。"南风晚说完，抖了抖手，杯子里居然又有了热水，烟雾袅袅，将他的脸也模糊了起来。

"那我怎么不知道你想什么？"没想到这家伙竟然还有这样的功能，必须得套出来，不然，以后自己还得开口求他。

"想套我的话？"南风晚举起杯子喝了一口，表现淡然得令人抓狂，"你只是低等的人类。"

程星林见他突然重新又喝上了茶，顿时觉得不可思议："你不是说我家没茶叶了吗？"

"大概还剩下一小包，刚刚够。"

"那还说没有了，骗子！"

"最后一包用完了，是不是就没有了？这叫未雨绸缪！"南风晚丢给程星林一个鄙视的眼神，令程星林一下子想到了刚才那句"你只是个低等的人类"。

可恶，这种从始至终被碾压的感觉，真讨厌。

"你别忘了，你还附身在我身上呢，再羞辱我，小心……小心我……"身为地球人，程星林觉得自己必须表现出自己作为地球人的荣誉感、使命感、神圣感，绝对不能任异族羞辱！

"我小心地等着你来挑战我。"南风晚说着，顺便抬起一只手，一把精致而华丽的剑瞬间出现，明晃晃的，十分扎眼。

那个……好像是刚才……对付夜一凉的武器。程星林一想到刚才的画面，瞬间没了底气，气哼哼地说道："算了，不跟你一般见识。"

南风晚手微微握紧，那把大刀也跟着消失，他的眼里充满了嘲弄，笑嘻嘻地看着程星林说道："可是接下来，我得跟你一般见识，表现不好，咔嚓！"他抬手，做了一个抹脖子的动作。

程星林再一次被吓得抖了抖，继续垂死挣扎道："我可不干，我快要期末考试了!"

南风晚直接无视他的话,淡淡说道: "物灵自从跑出来以后,就四处寻找可以附身的人类躯体,如果不加快速度,这个城市就会被物灵占领。"

"哼哼……" 这跟他有什么关系?反正他也被附体了,也没觉得有什么不好的。

南风晚见他无动于衷,继续说道: "如果不能在一定的时间内将物灵消灭,它们的繁衍速度会越来越快,数量会越来越多,到时候,不仅这个城市会出现危机,整个地球都会被低等物灵侵占。你也知道夜一凉,你觉得它为什么会如此有恃无恐?因为黑暗物灵越多,它的力量就会越强大。这里是地球,并不是我们物灵界。当它所能驱使的物灵占据了整个地球,它就会成为这个世界的王者,想干什么就可以干什么!"

程星林摊了摊手,露出爱莫能助的表情说道: "但是我的期末考试更重要一些,我可不想让我的父母失望。"

南风晚冷笑一声,说道: "物灵繁衍到了一定的阶段,能力会逐渐加强,按照这个速度,等你拿到期末考试成绩单的时候,你父母估计已经被物灵附身了,相信对你的成绩会有不同的反应。"

程星林的脑子里,抽鞭子的人迅速从南风晚换成了父母,轮流对着他抽鞭子……

"当然,你是无所谓了,反正你已经和我定下了契约,就是不知道你父母到时候会被什么样的物灵附身了。"

程星林飞快将脑子里的画面抹掉,抬头看向南风晚,表情也变得十分坚毅: "为了人类的未来,为了世界的和平,来吧,蹂躏我吧!"

南风晚看着他一副英勇就义的表情,额头抽搐了一下。

"但我既然做出了让步,你是不是也应该做出点表示呢?" 程星林

降 服

迅速抛去脸上的坚毅，露出了一点猥琐的神色。

南风晚拧着眉头看他，淡淡说道："想让我帮你考试作弊？不可能！"

"既然如此，那我还是努力读书吧。所谓的魔鬼训练，等我考到一个好成绩再说吧！"程星林立即坐直身体，翻开课本，做出一副努力读书的样子。

南风晚的眉毛颤了颤，片刻之后，似乎有点退而求次的意思："我倒是可以帮你提高点成绩。"

程星林眼睛一亮，抬起头看他，就听到他继续说道："但是，你可别后悔！"

程星林一阵猛点头："君子一言，驷马难追。"

他的想法很简单，只要在考试的时候让南风晚拿着答案给他抄上几题，那成绩妥妥的就上去了！

对不起爸爸，对不起妈妈，我还是没有办法走正规渠道。

作为一个救世主，成绩上出点小差错，其实并不算太大的问题，是不是？

将来别人问起来的时候，也不会问他："救世主先生，请问你上学时候的成绩是多少？有没有作弊过？"

想到这里，程星林的目光立即闪闪发亮，丝毫没有察觉到身后南风晚诡异的目光。

"那么，就这么约好了，期末考试你的成绩上去了，我们就开始训练。"南风晚说着说着，脸又开始红了起来，而且比刚才的更红。

程星林看着自己柔弱的小身板，又想起夜一凉的庞大，再瞧瞧南风晚那娇弱得像朵小花一样的模样，小心翼翼地问道："你是不是越来越难以控制他了？"

南风晚抛给他一个"这还不是怪你"的眼神，慢慢地说道："你记得早点让你爸妈买茶叶。"

亲，为什么每次到了关键时刻，你的关注点都和普通人不同啊！

"还要跟这次一模一样的，就说……"南风晚托着下巴想了一下，继续道，"就说是为了提高学习成绩。"

连理由都想好了，我还真是谢谢你了。

"你放心，即便在地球上我的力量被削弱了，照样能制得了他。"南风晚没有说出口的是，只要你能争气点！

南风晚刚说完，他的眸光一暗，唇角勾起："呵呵，一大波物灵正在靠近……"

话落，他一把揪着程星林的衣领，不等他说话，便朝着窗户的方向跳了出去。无奈的程星林似乎早就习惯了这些，只是顶着一张面瘫脸，做出无声的抗议。

南风晚带着他悬在城市的上空，下面车流不止。而在城市各座高楼大厦之上，一群群黑色形体的物灵在奔跑着，人们看不到它们，而它们跳下高楼后，有些物灵挤进了人类的身体……

看到这一幕后，程星林全身都在发寒。如果爸爸妈妈和晓晓都被这样附身了……他实在不敢想像会有什么样的后果。

"这么多低级的物灵，刚好可以让你练练手。"

南风晚的手一松，程星林的身体便往下坠落，下一秒，他的背后长出了一双黑色的羽翼，看上去像一个堕落的天使。

只见南风晚在空中走着，他的周身飞出了淡蓝色的光芒，那些光芒螺旋交错着，朝着整个城市扩散，很快便形成了一道巨大的空间结界，将高楼以下的世界隔离。

而此时此刻，他们处于完全封闭的空间，周围都被结界隔离。就这样，站在高楼上的物灵因为被结界困住而开始抱团。它们全部都是黑色的一团，有着人类的形态，却没有脸，只有一双白色而空洞的眼睛。

降 服

里面走出了一个最大的物灵。"南风晚！"他张牙舞爪，仿佛想把南风晚撕裂一般，"你这个物灵界的败类，我们要替夜将军报仇。"

"报仇？那也要看你们这些低等生物能不能靠近我。"

南风晚手一挥，一道光芒笼罩在程星林身上，随后，程星林就被换上了一身银色的修身战甲。这件战甲装扮跟欧洲中古世纪的骑士装非常相似，看上去华丽又大气，让他以为自己进入了游戏世界。接着，程星林的手里又幻化出了一把精致的光剑，这把剑不重，但看上去非常锋利。

"战斗吧，少年！"

随着南风晚话音的落定，程星林的身体开始不受控制地往那群物灵冲过去。

天啊，他还没做好心理准备，怎么就……

当他冲进物灵群的时候，出于自卫的本能，他胡乱地砍着，那些物灵刚靠近他就被砍成了一滩污水。

最大的一只物灵将程星林扑倒在地，它张着嘴巴对着他的脸咬了过去。

程星林惊恐之下，猛地举着剑对着对方心脏的位置刺了下去。那只物灵挣扎了一会儿，无力地倒在一边，最终也变成了一滩灰。

程星林尝到甜头之后，爬起来举着剑主动冲了上去，然后使用无规则乱砍的模式战斗，不一会儿，这些物灵全部被清理干净。

当结界内所有的物灵都消失后，南风晚解除了结界，他垂眼看向下面，那些物灵该附身的已经附身了，没附身的也不见了踪影。看来，他还得把这些东西全部揪出来，这将是一场持久战。

这时，程星林挥舞着剑，兴奋地说："我是不是很厉害？"

南风晚没有回答他，只是扭头看着后面有些出神。

而程星林并没有因为他冷淡的回应而感到沮丧，他在南风晚周围飞来飞去，时不时舞着剑耍帅。

第九章

附　身

数日之后。

坐在考场上的程星林瞪着卷子上的题目，双眼通红，奋笔疾书，南风晚飘在他的身后，看着试卷上的答案，摇头，再摇头。

果然还是太高估程星林的智商了……

那么多题目，甚至还押题了，居然还能做出这样的结果，他也是服了。

照这样的智商来看，增加力量这种事似乎也非常危险。

怎么办？

比起南风晚，程星林的情况也好不到哪里去。虽然刷刷地写着，可连他自己也完全不知道写的是什么内容。

这个题好像是这样做的，这个好像答案是那个，可恶啊，数字为什么改了？

该死的南风晚，完全不懂一个学渣的悲伤！

他本来以为自己在考试的时候，南风晚会在身边告诉他这个怎么做、那个答案是什么，却没想到，那家伙居然直接丢给他一大堆练习题，要他全部做完。他本来是想拒绝的，但南风晚直接甩出了一根鞭

附 身

子，对着空气抽了几下。

大丈夫能屈能伸，他默默念着这句话，一头扎进了习题堆。

这样的举动可是把他老妈感动得眼泪横流，每天晚上都做一堆宵夜，于是，也便宜了南风晚那个家伙。

经过这番补习，程星林脑子里的东西没有增加多少，腰围倒是上了一个新台阶，导致他的颜值大打折扣，说起来又是一件悲伤的事。

"叮铃铃……"交卷铃声响起，程星林眼睁睁看着老师将写得满满的卷子收走，眼里无限哀伤。

"看来，要将你培养好，还真的要花大力气啊，我是不是得重新考虑一下？"

南风晚的声音从头顶上飘过来，程星林忍住想要一拳揍过去的冲动，同时拒绝承认主要原因是自己打不过。

他咬着牙，从牙缝里挤出了一句话："那没有办法，谁让你选人的时候不走心呢！"

南风晚托着下巴打量着他，似乎真的因为程星林这句话而重新考虑起来："倒不是我不走心，找了那么多个，就你最适合，真是奇怪啊，难道当时真的是猪油蒙了心？"

"哼！"为了表示抗议，程星林用鼻子和他说话，心中默念，你丫要是让我继续吊车尾，茶叶的供给就到此结束！

"哥们儿，我还没开口呢，你就给我脸色看。"周满超的声音从背后传来。

程星林都不用转头，就看到他那张举世无双的脸伸过来，他选择无视，那边继续安慰："是不是又考砸了？"

这家伙，哪壶不开提哪壶！

"不用担心，就算这次继续吊车尾，也不会有人鄙视你的！谁让你是晓晓的哥哥呢？"

"你这句话什么意思啊！"

旁边这位完全是个没眼色的，继续说："反正大家都知道你和晓晓之间的距离，看在晓晓的分上，没有人会嘲笑你的！"

每个学期，周满超也就只有这个时候能对程星林进行反击，这种酣畅淋漓的感觉，实在太爽了！

"但是你也不要自卑，不要气馁，人生就是如此，相信你多多努力……"周满超口沫横飞地讲了半天，蓦地转过头一看，身边空荡荡的，影子也没一个。再一转头，程星林的身影已经消失在街角了。

"太过分了，居然这么不给面子！"周满超气得哇哇叫，"友尽！友尽！"

周满超不知道的是，在拐角的程星林其实也是迫不得已的，换作平时，他早就先一步吼出"友尽"两个字了，可是现在……

"啊……现在可以把你的刀子收起来了吧！"程星林看着南风晚横在自己脖子上的匕首，实在非常困惑，这个家伙哪里来的这么多武器，而且专门对付他。

南风晚斜斜看了他一眼，然后将匕首收了起来，淡淡地说道："既然已经考完了，那么接下来就应该按照约定，开始训练了。"

程星林见南风晚收起了匕首，脾气也跟着硬了起来，哼哼说道："考试成绩还没有下来，等下来再说！"

南风晚的眼里亮光一闪，手掌心又重新聚拢起了一道蓝色的光芒，瞬间的功夫，又变出一把匕首，直接横在程星林的脖子上，一句话也不说，只是挑着眉毛看他。

感觉到脖子上的凉意，程星林立即赔上笑容，捏着刀身嘻嘻哈哈地说道："开个玩笑嘛，何必这么认真呢，整天刀子来刀子去的，多伤和气啊，我们还要一起共建美好和谐的社会呢！"

南风晚依然不出声，瞄着他的眼睛里有一道淡淡的笑意，不笑还

附　身

好，一笑，程星林就觉得浑身发冷。但他又觉得，如果自己就这样为南风晚的武力所屈服，那以后每一次都会被他的武力所镇压，日复一日，他程星林就再也没有出头之日了。

好吧，说到反抗，他当然是不可能做到的，不过，小小的言语抗议倒是可以试试看！

"之前我们也说了，君子一言，驷马难追……"

"那是你说的。"

"好好好，是我说的，可是大家都是守信用的人，为人处世，当然应该……"

"我不是低等的人类。"

"能不能好好说话啊，还能不能继续做好朋友了！"

南风晚终于正眼看他，可是很明显，这家伙不太专心，因为他一甩手，茶杯又到了他的手上。

"你再这样……你再这样的话……"程星林本来想稍稍威胁一下他，结果南风晚的眼睛一横。还是好好说话吧，威胁来威胁去，会影响到世界的和平、宇宙的安宁！程星林用这个理由说服自己，顿时觉得自己非常伟大："嗯，好吧，那个，我们之前不是说好了，如果成绩有进步，那我就跟着你训练，如果没有的话……"

"我刚才大概看了一下，虽然你的答案看起来都是错的，不过也有几个沾边的，这次不会吊车尾。"

"啊？真的吗？"程星林眼睛一亮，瞬间觉得世界充满了希望。说起来，自己也不是完全没有可取之处嘛！

"改卷子的老师会从你的卷子上看出你最近的努力，就是错了，也会给你友情分。"

"友情……分……"程星林本来还喜滋滋地幻想着自己的智商还不算太差，结果，南风晚的这句话如同一座大山，轰隆一声，直接将他压到了地底下。

看着程星林面如死灰的样子，南风晚继续开口，听起来似乎是在安慰他："虽然你头脑简单，说不定四肢发达呢？"

这个……

你还是不要开口安慰人了。

程星林无力地看了他一眼，慢慢地掏出钥匙，打开家门。

"今天晚上，地球将迎来五百年来时间最长的月全食……"开门的一瞬间，电视的声音传到了程星林的耳朵里。看他走进来，爸爸、妈妈和晓晓转过头，发现他一副气馁的样子，妈妈立即温柔地安慰道："儿子，你又考砸了吗？没关系，你已经很努力了，这不是你的错……"

如果是从前，听到老妈这句话，程星林可能还会觉得不以为然，毕竟，以前他只是打着用功读书的幌子在房间里偷偷看漫画。可是这次，他是真真切切地努力过，但努力过后，成绩还是不好，这样一想，程星林就有些哀伤，不，是非常哀伤！

呜呜呜，好想扑到妈妈的怀里，但可恶的南风晚却在此时开口了："这么大还在妈妈怀里哭？"

好像也是，而且，晓晓正盯着他看呢，忍住，忍住！

程星林捏着小拳头，朝妈妈摇了摇头，勉强维持住自己脸上的表情说道："没事的妈妈，我会继续努力的！"

听到这句话，家里人顿时一愣。从前期末考试结束，这家伙可不是这样的态度，莫非，受到的打击太大了？

三个人面面相觑，妈妈立即走过来，抱住程星林，说道："我们都看到你在努力了，没关系，这次考不好，下次还有机会，就是以后都考不好，也未必就没有出路啊！"

……

附 身

妈妈啊，你确定这不是在打击我吗？程星林的脸更加灰白了。

"哥，没关系的，下次努力，涨一分也是巨大的进步。"晓晓也跟着开口安慰道。

亲爱的老妹，对于一个成绩接近满分的人来说，涨一分当然是巨大的进步，可问题是……

"你还是回房间吧！"南风晚在耳畔说道，似乎也觉得不忍心。

如果继续呆在这里，他们下一步可能就把他当作弱智处理了。于是，程星林朝他们挥挥手，说道："我先回房间了，晚饭不想吃了。"说完就往自己的房间走去，关门的时候，还能听到家人的对话。

"孩子爸，你说我们对他是不是要求太高了？"这是妈妈困惑而担忧的声音。

"妈，你们对他就没有要求，对我却是高规格的！"晓晓的声音里有一些抱怨。

"那不一样，生你哥哥的时候，遇到了一些问题，是我们对不住他。"爸爸也跟着说道。

程星林叹了口气，无奈地躺在床上

"看来你遇到的问题还是蛮大的。"南风晚的声音打断了他的思绪。

"……"程星林连反驳的力气都没有了，只是转过头看向他。不看还好，一看，把他吓了一大跳。

只见南风晚的脸越来越红，原先如果只是番茄红，那么这会儿，就好像是烧烫了的铁块，还跟着发光，而南风晚的状态看起来也有问题。

"这……你的脸……"程星林指着他的脸，"夜一凉又开始反抗了？"

南风晚飞到窗台上坐下，又变出一杯茶，慢慢地喝着，目光却落到了窗外的月亮上，看起来一副忧伤的文艺小青年模样。程星林在心里默默吐槽：你的头咋不抬高点，还能来个45度的忧伤。

南风晚这家伙一坐就是好久，而且一声不吭，这可把程星林惊得够呛。眼看着他喝光了杯子里的茶，脸色又变成了之前的番茄色，这才小心翼翼地问他："那个……情况似乎变好了一点啊！"

"这个茶叶是个好东西。"南风晚说的话实在是风马牛不相及。最重要的是，南风晚居然连看都不看他一眼，眼睛一直盯着天空。

"喂喂喂，这里没有妹子，不需要45度仰望天空表现出你淡淡的忧伤！"就是妹子看到你这个样子，估计也会被吓得够呛，当然，后面这句话他吞进了肚子里。

没想到，南风晚直接将他当成了透明人，目光依然没有从天上挪开，反而呢喃了一句："没想到今天晚上会有月食。"

程星林跟着他的视线看了过去，天空上悬挂着一轮明月，放出温柔的光芒，将城市的喧嚣一并收纳到了自己的月光里，楼下的车水马龙也被玻璃窗隔开，渐渐远去。程星林将目光落到了他的身上，被月色笼罩住的南风晚，看起来似乎特别柔弱。

当然，他一直都是以柔弱小花的姿态存在的。

不过，程星林还是从他的眼神里看出了不一样的感觉。"据说月食五百年难得一见，这次可要好好欣赏！唔……据说月食会带走一切不愉快，所以，一切的危机都会解除。"

等等，他在说什么？月食会带走一切不愉快？好吧，完全是自己瞎扯的。想了想，自己平常都是吐槽别人，还没有试过安慰人，能说出这么一句话来，程星林觉得自己的表达能力有了质一般的飞跃。想到这里，他不禁有些沾沾自喜，南风晚一定会被他的话所感动吧，嗯，肯定是这样的！

果然，南风晚听到了他的话，转过头扫了他一眼，看得他都有些不好意思了，待他正要继续说一些小清新语言让南风晚刮目相看时，

附 身

对方却先一步开口了："月食能不能带走不愉快我不知道，但我知道，月食来了，我们的麻烦也出现了。"

什么情况？程星林本来还沉寂在自我感动的思绪当中，可一听到这句话，顿时清醒了一大半，虽然不是很明白他的意思，可听起来似乎很危险的样子。

"刚才夜一凉又试图冲破我的禁锢，我勉强压制住了，多亏了月光，还有这杯茶！"南风晚举起空茶杯，朝程星林晃了晃。

程星林顿时一脸黑线，本来以为他在说什么要紧的事情，结果还有心思耍人。他反唇相讥："多喝茶，能抗癌；多喝茶，能减肥；多喝茶，身体赘肉跑不见；多喝茶，人生好轻松。"

这时，外面传来了晓晓甜美的声音："哥，哥，你没事吧？"

"啊……"程星林大声喊道，"没事！没事！"

"考试没过没关系，我抽时间给你补习一下吧！"

想到被低年级的妹妹补习，程星林的老脸顿时有点挂不住，他扫了一眼依然满脸通红的南风晚，连忙回答道："我知道了，你快去休息吧！"

外头似乎被他如此干脆的回答惊到了，半晌才回答道："好吧，不过我今天要看月食，哥哥你要不要跟我一起看？"

程星林本来想回答"好"，结果看到南风晚挥了挥手，只能违心地说道："不用啦，咱们又不是情侣，一起聊星星看月亮蛮奇怪的。"

"好吧！那哥哥你有什么事情就叫我哦，不要什么都闷在心里。"

这下子，再怎么糊涂，程星林也听明白了，敢情老妹这是怕自己想不开啊！

晓晓啊晓晓，你真是太不了解你哥了，我怎么可能为了一个期末考试就一蹶不振呢？好吃的、好喝的、好玩的，当然还有美妞，任何一个都可以成为我继续努力的理由！

"死猪不怕开水烫。"南风晚蓦地丢出一句话。

听起来好像……还蛮有道理的，似乎说出了他的心声……

等等，他才不是死猪！

程星林迅速将愤怒的目光转向南风晚，大有决一死战的势头！

门外的程晓晓听不到回答，有些不安地问道："哥哥。"

程星林连忙提高声音道："我知道了，我说了会好好努力，基础不好，也有你在。你快去休息吧，等下还要看月食呢！"

"好的！"晓晓的脚步声渐渐远去。

程星林松了口气，心里又有些美滋滋的。有这么一个可爱漂亮又善解人意、温柔体贴的妹妹，想想都觉得无限美好啊，成绩算什么，那就是过眼云烟。

"你不觉得应该为自己感到悲哀吗？"南风晚的声音又慢悠悠地传了过来。

"我有什么好悲伤的？父母慈祥，老妹有爱，朋友虽然有点脑残，好歹也够义气。人生如此美好，不应该将时间花在悲伤和痛苦上。"他挥舞着小拳头，表示自己的坚定信念，"这次考不好，下次再努力就是了！"

"如果努力还是不行呢？"

"那就继续努力。再说了，我总有别的地方是异于常人、十分优秀的。"

"那如果根本就没有别的方面呢？"

"如果没有……"话说到这里，他立刻就察觉出了不对劲，"你这是在赤裸裸地鄙视我啊！"

南风晚抛给了他一个"我就是这个意思"的眼神，迅速将他冉冉升起的怒火熄灭了。

他当然不是这么怂的，奈何人家手里有刀，程星林干笑一下说

附 身

道："大家都是朋友，好好说话，干吗动刀动枪的，伤到了小朋友可不好。就是没有小朋友，伤到房间里的东西，也不大好啊，谁知道那些桌子啊、柜子啊，是不是有生命呢。"

南风晚收起了刀子，继续喝茶，也不知道这是他今天晚上的第几杯了，这家伙难道就没有上厕所的需要吗？程星林心里直犯嘀咕，就听到他淡淡地说道："今天晚上很重要。"

程星林看到他表情变得越来越严肃，再看看他再度通红然后又被压制下来的脸，心里有一种不妙的感觉。现在的南风晚和一开始见到时相比，差了很多，原来看起来十分苍白的面色，现在变成了鲜艳的红色，好像血液全部都集中到了他的脸上，两只眼睛的光芒也变得更加强烈，幽幽的，看起来十分阴森。如果半夜跑出来，不明真相的人一定会被吓死，如果不是程星林和他熟，恐怕这会儿也翻墙逃跑了。

"有些事情，我没有跟你说清楚，本来是想等到训练你的时候再告诉你的，现在看来，恐怕来不及了。"南风晚说着，便随手将茶杯松开，那茶杯在没有任何东西承托的情况下，漂浮在半空中，稳稳当当的，随着他的身形移动，跟在他的身后，就像一个忠心耿耿的仆人。

"是什么事情？"程星林看他的架势，也知道此事非同小可，不自觉地站直了身体，脸上也浮现出了认真的表情。他有预感，接下来要说的事情跟南风晚现在的状况有莫大的关系，甚至和即将到来的月食也有很大的关系。

"我们物灵虽然与人类不在同一个地方生活，但同样拥有太阳和月亮。低等物灵需要吞噬一些废气、污染源来延续生命，正是因为地球的环境污染越来越严重，它们才有机会冲破界限入侵地球。而像我这种贵族级别的物灵，需要的就是月光的力量。"南风晚指了指天空，明亮的月亮冲破乌云的遮挡，将光辉洒向大地。"这也是我每天晚上都坐在窗台上的原因，想要增加我的力量，就必须有足够的月光支持。在物灵界，月亮出现的时间是太阳的三倍，给了我足够的能量，但在人类世界却不一样。"

"听你这么一说，好像物灵也分两个物种一样。"程星林想了想，说道，"你是属于吸食月光才能增加能量的，那么夜一凉应该就是吸食污染气来增加力量的？"

"没错。"南风晚点了点头。

程星林蓦地睁大双眼，说道："那这样说来，夜一凉的能量岂不是增加得比你要快得多？"

"差不多就是这样吧！"

这也是南风晚最近一直虚弱的原因。原来，就算是被封印在结界里，可地球上随处可见的污染源依然会源源不断地给夜一凉补充能量。而南风晚却刚刚相反，月光毕竟有限，遇上恶劣的天气，就更没办法补充了。

想到这里，程星林突然间想到了今天晚上的月食："这样说来，今天晚上的月食对你岂不是非常不利？"

"看来你脑子还是能转过弯来的嘛。"南风晚难得用赞许的目光看着他，说道，"月食对我们这类物灵来说是一个非常大的打击。在发生月食的时候，不仅仅是月光消失那么简单，与之相关的一些磁场，以及我们月光族物灵赖以生存的能量，也会被吸收走。这个时候，物灵的反噬就会非常厉害，先不说我现在的状况，就是今天晚上，估计就有很多人将被物灵吞噬。"

"这么严重？难道没有补救的办法吗？"听到南风晚的话，他顿时紧张了起来。开什么玩笑啊，万一学校的老师被物灵附身了，他往后的日子可怎么过？

"现在恐怕非常难！"南风晚的答案实在是有些残酷。

附 身

如果是这样的话，那还战斗什么啊，今天晚上岂不就是他们的死期了？

夜一凉肯定会趁着今天晚上反击，现在的南风晚又如此娇弱……完蛋了，完蛋了，世界已经没有希望了！

看到程星林黑了又红、红了又白的脸，南风晚居然还十分淡定："其实……物灵界里头，我也不是最强的。"

听到这句话，程星林松了一口气。他一直只见过南风晚，传说中的物灵界肯定也有无数高手。好吧，看现在的状况，只能等物灵界的高手来拯救这个世界了，可惜啊，他没有办法成为救世主了，想想还有点小遗憾呢！可没办法，谁让面前的这个物灵看起来如此虚弱呢！

"只不过他们还没有抵达到人类世界，所以今天晚上，只能靠我们自己。"

程星林觉得此刻的自己正站在悬崖上，在听到南风晚的这句话之后，直接被人一脚踹到了谷底。

没有高手来救场，完蛋了……

"你对我也太没有信心了吧！"南风晚看着程星林变幻莫测的表情，非常不满，"怎么说我也是贵族。"

"那你说吧，我们应该怎么反抗？"

程星林破天荒打断了他的话，感觉自己好像踏出了一道最重要的门槛。

"靠你了，少年。"他挥了挥手，茶杯飞到面前，他优雅地喝了一口，然后继续说道，"月光对我有影响，对你却影响不大。你是人类，今天刚好是个大晴天，在吸收了日光的能量之后，努力一把，我们未必会输。"

原来他依然还是传说中的救世主啊！美女在招手，美食在招手，还有大把的银子……是不是也得考虑下到时候被采访的时候要说点什么话呢？

程星林的脑海里立刻浮现出了自己站在聚光灯下，面对各种记者的采访，他拿着话筒说：

"是啊是啊，我打败敌人非常辛苦呢，你看看我这里的伤口，还有这里、这里、这里……"

不对，不大好，怎么能诉苦呢？英雄应该是隐忍的！正确的姿态应该是这样的："哪里哪里，拯救地球是我们每一个人的责任。为了人类，我愿意贡献我的血和热……"然后，一大堆美女涌上来，胸好大……哎呀，被挤得喘不过气来了……

他蓦地回过神，发现一个抱枕正紧贴着自己的鼻子和嘴巴，很显然，是某人的杰作。

他迅速将枕头打掉，义正词严地表示："你干什么，差点把人类的救世主闷死。"

"像你这样爱做白日梦的人还真不多。"南风晚摇着头，似笑非笑地看着他。

程星林这才想起来自己被他附身了，想什么他都知道，刚才的那些估计也入了他的眼。怎么办？真是太羞耻了。

不过算了，都是自己人，无所谓了！

"行了，不要浪费时间了。现在，我们得好好研究一下怎么打败夜一凉。"他漂浮到程星林的面前，这一刻，他全身都在发光，将自己身上的骑士装照得几乎透明。

"居然蔓延到了全身……"程星林危机感立现，迅速收拾好自己的情绪，严肃地问道："我该怎么做？"

"我也不知道。"

程星林似乎能听到自己的希望崩坏的声音，他一把抓住南风晚的衣服："别开玩笑了，现在都什么时候了！"

附 身

南风晚抬起手，他右手的无名指上凭空出现了两枚做工精美的戒指。

"你以为拿着戒指向我求婚，我就会原谅你吗？"

等等，他怎么说出这么女人的话？而且，南风晚给他亮出戒指又是闹哪出啊？

"我确实不知道该怎么做，不过能让你拥有战斗力量的是这个戒指。而我也有一个戒指，那是跟你连接的契约。"说着，南风晚的唇角忽然露出笑意，低头问他，"月食在几点开始？"

程星林愣了一下，抬起手看了看时间："大概还有一个小时吧。"

"没办法了，我们就在这一个小时里解决他！"

"一个小时？解决他？"听到这句话，程星林有一种不好的预感。

"趁着月色正好。"南风晚唇角的笑意依然在继续，他抬起手，打了个响指，四周的一切全部静止了，戒指缓缓往外飞，他朝程星林说道："从这一刻开始，你和我是一体的，你强，我就更强。"

"可……可是我应该怎么强？"程星林觉得自己完全一头雾水，看着戒指从南风晚的指尖缓缓脱落，心跳飞快加速，他忽然意识到，南风晚其实也没有什么把握，他在赌，要么在这一个小时之内将夜一凉消灭，要么……

对第二种可能，程星林实在不敢想像。不过他知道，自己不能再退缩，不能再懦落了，这一刻，要鼓起勇气，开始战斗，就好像真正的救世主一般，为了整个地球……不，为了爸爸妈妈，还有妹妹，还有所有认识的人，战斗吧！

戒指从南风晚的指尖脱落，程星林下意识张开五指，那戒指似乎嗅到了程星林的气息，直直地朝他飞了过来，迅速套在他的手指上。一瞬间，一股巨大的能量贯穿了他的身体。不过一眨眼的工夫，他的双眼就变成了和南风晚一模一样的颜色。这一次，他的身后没有出现黑色的羽翼。

战斗的时间，来临了！

"接下来，我们怎么办？"程星林张开手掌，手中竟然自动幻化出一把巨大的剑，他挥舞了一圈，感觉身体里充满了力量。

"你准备好了吗？"南风晚问道，"告诉自己，为了什么而战，将这个信念保持下去。"

"能不废话吗？快点！"程星林觉得此刻的自己已经有了跃跃欲试的冲动。夜一凉，来吧，杀得你片甲不留！

南风晚笑眯眯地说道："你看看身后。"

程星林心一惊，蓦地转过头，顿时见到夜一凉那庞大的身躯遮盖住了整个房间。

"南风晚，你的胆子可真够大的，居然在这个时候将我放出来。"夜一凉的声音几乎要把程星林的耳膜给震破了！

"你这个东西，能不能小声点，根本没有人听到你说话，手下败将，逞什么能啊！"程星林一边掏着耳朵，一边在那边大骂。

夜一凉这才将注意力落到程星林的身上，并发现了他的异样。夜一凉冷哼一声，说道："一个人类，好意思在本将军面前卖弄！"

说着，夜一凉又顿了顿，蓦地抬头看向南风晚："你竟然想要利用日光的力量！"

南风晚摊了摊手，说道："不然呢？"

"哼，不过是区区一个人类，就算拥有你的力量，我也可以……"夜一凉说着，抬手迅速朝程星林扫了过去。

程星林正在掏耳朵，被他呼啸而来的手惊到，本能地闪到了一边，紧接着抬起手劈了过去，长剑带着一圈银色的光芒，迅速将夜一凉的手臂劈开。还来不及得意，程星林就见到那手臂化成了一团烟雾，聚拢到夜一凉的身上，竟然又重新变成了原来的样子。

附 身

怎么会这样？程星林的下巴都快要掉到地上了，惊愕地看着眼前的一切。

"哼，雕虫小技。"夜一凉弹了一下自己的袖子，露出鄙视的眼神，同时朝着程星林攻过去。

另一边，南风晚扶着额头，无奈地跟程星林说道："夜一凉是依附着污染源而存在的，你就是把他的整个身体都劈开了，他依然能聚拢在一起！"

程星林顿时觉得自己很傻很天真："那这个刀岂不是一点用都没有？"

"有点用……"

程星林心一喜，一面躲避着夜一凉的攻击，一面紧张地问道："什么用？"

"耍帅用一下。"

"什么啊！"不带这么坑队友的！

"其实，应该说是你的刀没有用，我的还是有点用的！"

面对夜一凉连消带打的攻势，程星林抵挡了几下，觉得非常吃力。在听到南风晚这句话之后，还来不及回味，就觉得手中一重，一把长剑再度出现在他的手上。

"少年，用这个打他！"南风晚在一侧摇旗呐喊，"加油，少年，进击吧，少年！"

程星林连看都来不及看南风晚，挥舞着长剑，直接朝夜一凉劈了过去。果然，被他劈到的地方竟然真的缺了一个口子！

这个禽兽啊，竟然不早说，害的他被攻击了好几下！他一面在心里吐槽，一面想办法朝夜一凉攻击。奈何这个房间太小，而夜一凉的身躯太大，几乎每一刻都被他给限制住了。

怎么办？怎么办？难道就这样束手就擒吗？

可恶的南风晚，不是说好并肩战斗的吗？你现在在干什么？还有空晒月亮！

夜一凉的出手并没有因为程星林是人类而有所减缓，每一招都带着满满的杀意。程星林觉得十分吃力，可又不禁佩服起自己，自己竟然跟传说中的大BOSS过了这么多招，说来，他还真的是命中注定的救世主啊！

这念头刚刚产生，南风晚就给了他一盆冷水："你想多了，他是被我关进结界太久，现在还没有恢复过来。"

混蛋啊，一点幻想的余地都不给，这是要友尽的节奏。

不对，他今天说了多少次友尽了，居然被周满超给传染了！

"专心打架！"南风晚将桌子敲得砰砰响，提醒他跑远的心思，顺手将窗户一推，自己又再度躲到了一旁，朝程星林大喊，"跳出去，外面的月光对你有利！"

程星林躲过了夜一凉的一次攻击，看了看窗户外空荡荡的地方，想了想，还是没有动。

开什么玩笑，他可是货真价实的人类！凡胎肉体，跳下去，直接就能去见上帝了，还能继续和夜一凉打？

"笨蛋！"南风晚骂了一声，抬手一挥，一道紫色的光芒幻化成一个巨大的手掌，直接对着程星林一扫，将他扫了出去。

程星林的身体随着这么一扫，直接飞了出去，心里把神仙们召唤了个遍，可是依然阻止不了身体的下坠。

天啊！这是他的战友吗？分明是帮着敌人在攻击他啊！

死了死了，这下玩完了！

人生才过了十几年，上天对他可真够残忍的！

要是能飞起来就好了！

想到这里，他忽然觉得背后生出一股强大的力量，紧接着，他的

附 身

身体被一股强大的气息包围住，他下意识转头一看，顿时被眼前的状况惊呆了！

他……他的背后……居然长出了一双巨大的翅膀，还是金色的！

这是什么节奏？之前还是黑色的呢，难不成他还是太阳的后裔？

随着他的意念流转，身体再度升高，停留在了夜一凉的面前。夜一凉的脸色顿时变得狰狞起来："没有想到，你居然真的能吸收太阳的能量，我还真是小看你了，南风晚。"

程星林本来有点飘飘然，在听到夜一凉说的是南风晚的名字之后，顿时觉得不高兴了："你说的不应该是我吗？"

"你？哼！"夜一凉的不屑显而易见，他直接朝南风晚说道："就算你用了太阳的力量，但这家伙太弱了，根本就不堪一击！"

"是不是不堪一击，你试过了才知道。"因为释放出了夜一凉，南风晚的面色又恢复到了最初的苍白模样，"区区一个人类，你还能跟他打那么久？"

"喂喂喂，你们是把我当成打架的工具吗？居然完全把我无视了！"看到他们两个人旁若无人地说话，程星林忍不住大吼，可惜，依然被无视。

"如果不是被你禁锢了这么长时间，我会治不了他？哼！捏死一只蚂蚁都比他快。"

"那你就试试看咯！"南风晚挑着眉毛，抛过去一个嘲笑的眼神。

"南风晚，你别得意，月食快要来了，到时候，哈哈哈……"夜一凉冷笑道。

"你以为你能等得到月食？"南风晚将茶杯一丢，茶杯在半空中裂成碎片，这些碎片瞬间幻化成无数把长剑，直直朝夜一凉刺了过去！

夜一凉没有想到他的话还没有说完就开始动手，迅速躲开，可那些长剑却在一瞬间分散，形成了一张巨大的网，将他整个圈住，结界发出银色的光芒，慢慢缩小。

南风晚站了起来，周围的风似乎都凝聚在他周身，发出淡蓝色的光芒，这些光芒凝而不散，形成了一道护在他身体周围的结界。

"哼，又是这个把戏！"夜一凉冷冷哼一声，迅速朝下面一击，他的拳头击打的地方生出了无数道裂痕。"南风晚，你的力量越来越弱了，就算将我再次禁锢，我也依然可以冲破。"

"可是，我不想禁锢你。"南风晚笑眯眯地摊开双手，一道紫色的光芒迅速从他的手中飞了出去，将结界包住，随着紫色光芒笼罩，被夜一凉击裂的结界迅速被修补。

"我只是想还你一个清新洁净的世界。"

听着南风晚的这句话，程星林差点摔倒，这个家伙在搞什么，不但不攻击夜一凉，竟然还……

他还没有想完，夜一凉的脸色却变得非常难看。

"其实我也挺想看看，依靠污染源为生的物灵在一个清新洁净的世界里会怎么生存下去。"南风晚不停地加强结界的厚度，同时看向程星林，淡淡笑道："如果再来一点阳光，可能会更好点！"

程星林冷了一下，随即发现自己的翅膀开始扇动，金色的光沫纷纷朝夜一凉的身上聚拢。

因为空气洁净加上阳光的照耀，夜一凉慢慢跪在地上，身体逐渐变小，变成了一只黑色的团子。

看着夜一凉越来越虚弱的样子，程星林十分无语："你既然可以一次就将他干掉，干吗还要我先动手？我可差点没命啊！"一想到刚才往下掉的那一瞬间，他后背就开始冒汗。要是没有翅膀，恐怕这会儿他已经和世界说拜拜了，美好的人生就此结束，相信会被许多人所惋惜的！青年才俊，年少有为，祖国的小花朵才刚刚开出花，就这么生生夭折了！

附 身

"你还是有点用的……"南风晚显然已经知道他的想法，淡淡地解释道。可是话才说到一半，他的脸色突然一变。

夜一凉在此刻发出了狰狞的笑声，而程星林也看到月亮正在逐渐被阴影吞噬。

"砰！砰！"夜一凉手中幻化出了一双大锤子，用力击打着结界，狰狞的笑容愈加阴暗："想要弄死我，除非你用上自己八成以上的力量，可惜，你舍不得！"

南风晚转头看了一下月亮，冷冷笑道："谁说我不舍得？"

"你敢……"夜一凉听到这句话后，脸色一变。

那一边，南风晚手中的光芒幻化成了一把紫红的长刀，毫不犹豫地朝夜一凉劈了下去！

"砰！"巨大的声响过后，夜一凉的身形开始渐渐变淡，结界也碎裂成了茶杯的碎片，朝四周散去。

一侧的程星林来不及躲避，直接被击中，顿时哭爹喊娘："嗷嗷嗷……要死了……"

"哥哥，是你吗？"一道声音突然从某个地方传出来，紧接着，一扇紧闭的窗户被打开，窗口的少女探出头，露出迷惘的表情。

南风晚的脸上露出了惊愕的神色，那一瞬间，夜一凉阴森的笑容传遍了四周，巨大的黑烟直接朝程晓晓冲过去，瞬间钻进了她的身体里。

晓晓挣扎了一会儿，随后身体摇摇晃晃地走了几步，再稳稳地站住。

"晓晓……"程星林一惊，顿觉不妙，想要冲过去，却被南风晚一把拦住了。

"让我过去！"他挣扎着，可怎么也冲不过南风晚临时做出的结界："你干什么？"

"我的好哥哥，"晓晓缓缓开口，夹杂着夜一凉的声音，"来杀我啊！"

"你要敢伤我妹妹一根汗毛，我绝对会把你弄得灰飞烟灭！"程星林怒吼着想要冲破结界，可根本出不去。

"快点从这个小姑娘身体里出来。"南风晚冷冷地看着被夜一凉附身的程晓晓，一步一步靠近，"我可以保证让你死得痛快一点。"

夜一凉冷冷笑道："你现在就可以动手，我死了，这个小姑娘也活不了，可怜她如花的美貌、大好的年华！"

"夜一凉，我绝对不会放过你！"程星林大吼着，几乎完全失去了控制。

"放心，我不死，你妹妹也不会有事。"夜一凉发出猖狂的笑声，扫了南风晚一眼，说道，"你最好让你家少爷别轻举妄动，我要是受了一点伤，你妹妹也不会好过！"

"夜一凉！"程星林握紧了拳头，想要朝他攻过去，可是，南风晚的结界依然牢牢地将他控制住。

"你家少爷倒是挺保护你的。"

此时，月亮露出了边缘，夜一凉冷笑着说道："放心，我们还有交手的机会。"说话间，他纵身一跳，直接从窗口跳了下去，身体迅速消失在马路的亮光里。

南风晚的身体漂浮在半空中，冷冷地看着消失的影子。

"为什么？为什么要困住我？为什么不让我过去？"程星林愤怒地砸着结界，宣泄着自己的不满，"晓晓，他附身到了晓晓身上，晓晓被他带走了！"

"我知道。"南风晚平静地应道。

"为什么？你为什么不让我打死那个家伙？"

"我们打不过。"

附 身

"胡说！刚才他都快被我们打死了！怎么可能……"

"如果你妹妹没有打开窗户，他没有附身的话，那么一切都没有问题。"南风晚看着月亮，静静地解答着他的困惑，"附身之后，物灵的力量会得到巨大的提升，刚才我已经消耗了一大部分力量，如果打起来，我纵然可以杀死他，但你妹妹恐怕也活不了。"

程星林惊愕地问道："你……你这句话是什么意思？"

"夜一凉附身在你妹妹身上，获得了巨大的力量，再加上月食的影响，我们根本打不过他。"

"如果打不过，他完全可以直接将我们杀死，为什么要跑？"程星林不解地问道。

南风晚指了指天空，说道："看到了吗？月亮已经出来了，他被我们重击，受了伤，同时也不知道我们现在的力量到底还有多少，所以不敢轻举妄动。"

程星林还想再问，但南风晚却突然捂住胸口，喷出了一口紫色的血液，包裹在程星林身边的结界瞬间消失，幸好有翅膀，他才没有掉下去。程星林连忙冲到南风晚的身边，扶住他，南风晚无奈地说道："这次没有一次将他杀死，我们以后的麻烦可就大了！"

"你是说……"

"他肯定会躲起来，好好吸食能量恢复自己的力量，我们必须在他恢复之前找到他，否则，人类世界就要遭殃了。"

"那我们现在该怎么办？"程星林紧张地问道，"晓晓怎么办？人海茫茫，我们怎么找到他？"

"这个其实还是有办法的。"南风晚示意程星林回到房间，同时打了个响指，一瞬间，世界又恢复了喧嚣，声音从四面八方传来。程星林抬手将窗户关上，转过头看他，等着他说下去。

没想到，南风晚直接来了一句："以后再说，我先喝杯茶。"

亲，你为什么每次都不会抓重点呢？喝茶就那么重要吗？难道你没感受到一个深爱妹妹的哥哥焦急的心情吗？

程星林看着南风晚优哉游哉地喝茶，腹诽可以绕地球五圈，努力在他面前晃悠，塑造出一个心急如焚的哥哥形象。

他可是个深爱妹妹的哥哥啊，完完全全就是担心妹妹的心态，这可是他最宝贝的妹妹，南风晚这个家伙是近视了还是瞎了，居然无视他，继续喝茶！

程星林再次产生了要断了他的茶叶供给的念头，并且非常坚决。

好半晌，终于听到了南风晚低低的声音，可是，他没有回答程星林的问题，反而问了一句："你没有觉得奇怪吗？"

"奇怪？什么奇怪？"程星林愣了一下，觉得莫名其妙。

"你再仔细想想。"南风晚看着他，眼神分明是在说，你要是想不到，那你可真是一个白痴，无可救药了！

为了人类的尊严，他默默地将刚才的一切仔仔细细想了一遍，最终锁定在了晓晓身上。

"你是说……"

知道他发现了问题，南风晚满意地点头："对，我明明将一切静止了，为什么你妹妹却会在这个时候听到你的声音，还推开了窗户？"

"是啊！"他也觉得奇怪，但很快，他就握着拳头坚定地说道，"还有什么原因，我们是亲兄妹，血浓于水，心有灵犀也是很正常的。"

"是吗……"南风晚拖长了声音，看着他。

"呃，当然，这说的是感情上，学习成绩方面，所谓术业有专攻嘛。"

南风晚收回了眼神，喝了一口茶，目光深邃，眉头微蹙："我刚才一直在想为什么你妹妹会出现，是我的力量削弱导致控制失灵？但

附 身

四周的一切都是静止的，照道理，要波及也是从远到近，没道理是离你最近的人不受影响啊。还有，既然你妹妹出现了，为什么你父母却没有反应呢？"

"这么说来，好像是啊，论起血浓于水，我爸爸妈妈应该更先感应到，但他们并没有出现。"他摸着下巴，同样开始思考这个问题。

但是……

"这个其实不是重点好吗！"他迅速从这个问题抽离了出来，"现在最主要的问题是，我妹妹不见了，明天怎么跟我爸妈交代？他们要是发现她失踪了，肯定会去报警的，到时候整个学校都知道她不见了，然后……然后……然后她的追求者可能会发疯的！"

"那又怎么样！"

"绝对不能让这件事情发生，现在怎么办？"程星林就像热锅上的蚂蚁，急得团团转，完全没有方向，再度陷入到焦急之中。

南风晚看着他在房间里无意识地转圈，叹了口气。说到底，这件事也是因自己而起，程星林丢了妹妹，他也应该负点责任。

于是，在程星林转晕之后，他终于开口说道："你可以模仿你妹妹的笔迹，告诉你父母她去参加冬令营了。"

"开什么玩笑！那学校上课怎么办啊？"

"上课？"南风晚再度为他的智商深深折服，"今天期末考试，学校都放假了，有什么不好交代的。"

程星林停住了脚步，扑通倒了下去，随即爬起来，恍然大悟道："说得也是。"

"解决了这个问题之后，我们就要抓紧时间找夜一凉的踪迹了！"

"对对对！"程星林直点头，完全赞同。于是，话题又转回到了刚才的地方："我们应该去哪里找呢？"

"去最热闹的地方，人多的地方。"南风晚应了一句。

"热闹的地方有很多，最近还有明星要过来开演唱会，有很多外地的粉丝会来这里。"

"夜一凉想要恢复自己的力量，单单一个地方的污染源是绝对不够的，他手下有许多低等物灵，他一定会利用这些物灵为自己收集更多的东西，比如阴暗的感情、人的私欲、人与人之间的矛盾，这些东西，都是夜一凉最需要的。"

"所以，你的意思是，哪里有矛盾，我们就去哪里？"

"对。"南风晚发现，这个人的智商起起落落，有时候蠢得要命，有时候又一点就通。和这样的人交流，实在是有点辛苦。

他本来以为程星林会发牢骚，比如人太多，谁知道街上的人会出现什么问题，又不会告诉他之类的话。但是没有，程星林捏着小拳头，一副坚定的表情，热血沸腾地表示："等着吧，我一定会将夜一凉揪出来，弄死他！"

南风晚考虑是不是需要告诉他怎么才能找到被物灵附身的人，念头还没落下，就看到程星林放大的脸贴在自己的面前，无限猥琐地问他："我们该怎么找到那些人呢？"

南风晚微微往后退了一下，抬手丢给他一个别针："将这枚别针别在衣服上，你就能看到一些平常看不到的东西。"

平常看不到的东西……

程星林的脑海里瞬间浮现出了各种妖魔鬼怪的形象，默默打了个颤，犹豫着是不是应该接过来。他的小心脏从来就十分脆弱，看到不干净的东西，万一一口气过不来……

青春正好，年少有为，就这样英年早逝……世界少了一个栋梁，天堂多了一位英雄。

"被物灵附身的人，头上会有一团黑烟，越是强大的物灵，颜色越重。"

附 身

程星林迅速将别针别上，他探出窗户朝楼下看，就看到人行道上一团团的黑烟在飘动。他大吃一惊，缩回头，怔怔地看着南风晚："你这个别针是不是坏了?"

南风晚喝着茶，眼皮都没掀，回答道："看到了吧，现在的情况比你想的要严重得多。"

"按照这样的情况，岂不是说，整条街的人都已经被物灵附身了?"程星林依然觉得不可思议，伸出脑袋往远一点儿的地方看过去，发现有的地方烟雾浓重，有的地方烟雾比较淡。当他辨认出区域之后，忍不住说道："奇怪了，为什么富人区要比贫民区还要严重?"

南风晚并没有跟着看过去，只是自顾自地喝着茶，好像几辈子没有喝过一样。程星林有些烦躁地问道："你都不上厕所吗?"

"关你什么事!"南风晚喝光了茶，终于丢出一句话。

"哼，我好心而已。"程星林觉得自己完全不需要关心眼前这个家伙。真是奇怪，他不是用了八成的力量吗，为什么现在看起来完全没有受到影响呢?

"作为一名贵族少爷，在任何时候都要保持仪态，这是作为贵族的基本素养之一，正所谓宠辱不惊，就是我现在这个样子。"

……原来贵族少爷的基本仪态是不停往自己脸上贴金啊!

"还想不想知道为什么贫民区的黑烟反而比较淡了。"很显然，南风晚一下子就知道了程星林的心思。

就会威胁人，除了这个，还能做点什么!程星林再度腹诽，考虑着是不是应该趁着他现在虚弱，将他揍一遍。

"尽管动手，如果你不后悔的话。"南风晚直接应道。

程星林瞪了他一眼，说道："你倒是说说看。"

"刚才已经说过了，物灵吸食污染源而存活，人类的阴暗心理也是他们重要的生命来源。穷人虽然物质上匮乏，可也因为心思单纯，私欲反而少；至于富人区，你觉得一个能爬到那么高的位置，坐拥千亿资产的人，心思会单纯吗？所谓物以类聚、人以群分，身处什么样的环境，就需要变成什么样的人，不管遇到了什么样的问题，只要有诱惑，最终都会选择对自己最有利的结果。"说着，南风晚叹了口气，感慨道，"其实，现在的物灵界也逐渐发生了这样的变化，夜一凉的出现就是一个警示。"

"那，我们现在应该怎么办？"程星林看着那边一团团的黑烟，十分犹豫，富人区他根本就进不去，可夜一凉有可能就躲在那个地方。

"先从身边着手吧。"南风晚这会儿也不吝啬，给出了方向，"普通的物灵，你只要戴上戒指就可以直接斩杀；至于能力高一些的，就需要创造一些条件了。不论如何，我们先从薄弱的地方着手。"

这一次，程星林没有反对，他很清楚自己的能力，也知道不可能一步登天，南风晚之所以说从薄弱的地方开始，也是为了让他训练，一步一步升级。不论如何，他一定要好好努力。

晓晓，不用担心，哥哥一定会找到你，将夜一凉从你的身体里赶出去！

第十章
未成年"爸爸"

次日，程星林破天荒起了个大早，心里有事情，实在睡不着。

饭桌上，妈妈准备了早餐，在爸爸旁边抱怨："晓晓参加什么冬令营，昨天怎么一句话都没说呢?"

"孩子大了，有她自己的想法。"爸爸安慰妈妈。

程星林心虚，埋头吃东西，不敢让他们发现。

"我倒不是因为这个，她都没有跟我们要钱，万一需要花钱怎么办?"妈妈担忧地说完，看向程星林，问他："你妹妹有没有跟你说什么?"

"有啊，她说参加冬令营，怕你们不同意，然后……"程星林支支吾吾地说着，看到爸爸妈妈盯着自己，双腿就开始打颤，但还是将昨天晚上想好的话说了出来，"而且她领了奖学金，也有钱，所以就先斩后奏了。"

"这样啊!"妈妈点了点头，似乎是松了口气，"嗯，带够钱就好，这孩子，长大了反而防着大人。"

"孩子到了一定的阶段就会有自己的想法，很正常，你看儿子之前不也是这样吗?"

"也是哦！"妈妈又担心起来，"可别像哥哥一样……"

听到这话，程星林心里直接咆哮：妈妈呀，你儿子在你心里就这么糟糕吗？

"可能更糟糕一点吧！"一侧的南风晚毫不客气地一边吃着早餐，一边补刀。

程星林十分郁闷，瞬间没有了食欲。实际上也无法有食欲，因为东西已经被南风晚吃光了，那家伙还意犹未尽地说道："你家的伙食真不错，吃完之后，感觉非常舒服。"

程星林瞪了他一眼，抓起书包跟父母说道："我先去学校了。"

"昨天不是期末考过了吗，今天还要去学校？"妈妈奇怪地问道。

程星林愣了一下，连忙回答道："那个……今天需要打扫卫生，毕竟要放假了嘛。"

"原来如此，早去早回哦，中午我们吃点好吃的。"妈妈笑眯眯地朝他挥挥手。

"儿子加油！"爸爸翻着报纸，头也不抬地说了一句话，随即跟妈妈说道："真是奇怪了，昨天晚上我们都没有看到月食，怎么报纸上却说有。"

"是吗？我看看，真的啊！真是奇怪啊……"

关上门，程星林松了口气，转头朝南风晚说道："今天先去哪里？"

南风晚笑着说道："先从最薄弱的地方开始吧。"

目标，游乐园！

游乐园是一个满载着欢乐的地方，许多人在这里都会忘记烦恼。当人忘记烦恼的时候，就是物灵最虚弱的时候，这会儿下手对人来说是最好的。

"杀！"

未成年"爸爸"

"杀！杀！"

"杀！杀！杀！"

一整天下来，程星林就重复着一个动作，拿着长剑，不停地往头上有黑烟的人头上砍去。看着那些黑烟消散成各种状态，彻底从人类的身体里剥离出来，他才算松口气。

尽管刚刚开始的时候，觉得这个动作帅气无比，可是挥多了，人也是会疲劳的。又干掉了一个物灵，程星林终于撑不住了，将长剑插在地面，抓着剑柄大口地喘气。

"少年，你体力这么差，真的才十几岁吗？"南风晚茶杯不离手，坐在镂空的靠背椅上，看着累得跟狗一样的程星林，十分鄙视。

"你自己来试试看，你就知道有多辛苦了！"程星林大口喘着气，不满地反驳道。

"有多难，一个响指的事情。"南风晚说着，真的打了个响指，于是，面前的一片物灵全在瞬间被清理得干干净净！

程星林惊愕地看着眼前的一切，额头上默默滑下几条黑线。

"看到没？"南风晚丝毫不顾虑他的感受，得意洋洋地问他，但也不打算听到回答，继续炫耀，"我现在的力量还只剩下两成，不然的话，这一整片都不是问题！"

"哼！"说不过，程星林只能用声音来发泄自己的不满。结果，南风晚还在继续："看来，接下来也要找机会好好锻炼你的身体了，起码要把体力提升上去，不然打到一半，你精疲力竭，累死了，那就全部玩完了！"

程星林无语地看着他："你能说点好听的吗？"

"我这是在激励你！"南风晚摆出一副严师的姿态，用恨铁不成钢的口气说道，"快点开始！不要磨蹭了，今天必须将游乐园的物灵都收服，不然就不许回去！"

那……岂不是要等到游乐园关门？

天啊！这个游乐园可是本市最大的游乐园，就连非节假日都有一大堆人，更何况现在已经靠近寒假了。

一想到今天的巨大工作量，程星林已经能够想象到自己累成狗的凄惨模样了。

不过，人的潜能果然都是被激发出来的。一开始，他还只是一个一个地消灭物灵；到了下午，一次可以消灭掉两三个；到了晚上游乐园关门的时候，六七个已经不在话下了，体力方面也提升了很多。

"砰砰砰！"游乐园的门缓缓关闭，霓虹灯也一盏一盏熄灭，程星林坐在游乐园的最高点，看着这个偌大的广场一点一点淹没在黑暗之中，心里有一些感慨。

一个人刚刚出生的时候，就如同一片绚烂的灯火，对未来、对整个世界充满了希望和向往。随着岁月的推移、年龄的增加，经历过了许许多多的事情，天真就开始减少，变得越来越现实，就好像那些灯火，慢慢地熄灭。当最后一盏灯熄灭的时候，就要跟这个世界说再见了。

如果自己一直默默无闻，死掉后，除了身边的人会记住你，谁也不知道你在这个世界上存在过，而亲人、朋友也会随着时间的推移慢慢死去。被人们记住的，永远都是英雄和做大事的人。

"你的感慨倒是蛮多的嘛！"南风晚总是喜欢在关键时刻煞风景。

程星林转过头，看着他端在手上的茶杯，有些无语。这家伙喝起茶来真的是越来越没有限制了。

"不过，你今天的进步倒是出乎我的预料。"南风晚喝了一口茶，转过头朝他咧嘴一笑。

在我面前你装什么霸道总裁啊！程星林转过头，打算从现在开始无视这个家伙。

未成年"爸爸"

南风晚似乎没有察觉到他的反应，脸上依然一副十分满意的样子，说道："按照这样的进步，相信很快，你就能进阶到一次对付二十人左右，考虑一下明天要去哪里好呢？"

程星林见他托着下巴在考虑，想到今天累得跟狗一样，顿时有一种浓浓的危机感。

现在的他还套着南风晚的戒指，所以就算站在摩天轮上，也没有丝毫压力，身体也处于兴奋的状态。但他可不敢保证，去掉了这一身力量，自己会变成什么样子。

想到这里，程星林立即想到了自己上次参加马拉松，跑完全程之后那生不如死的状态，身体就开始不自觉地发抖，再发抖……

"不用担心，睡一觉就好了，哈哈哈！"南风晚的笑声听起来十分不怀好意。

睡一觉就好了，这个物灵完全不懂人类的悲伤。作为一个肉体凡胎，今天晚上估计他只有哭的份儿了。

想到这里，他突然扭过头，朝南风晚看过去，狠狠地问道："你是不是有什么迅速消除疲惫的好办法？"

南风晚微微一笑，似乎很满意他能想到这一点，不过还是双手一摊："没有！"

没有！没有你让我今天拼死拼活的？要不是他提前想到……

不对，也不算提前，现在才想起来，也已经来不及了！

想到这里，程星林简直欲哭无泪，他紧紧握住手中的戒指，说道："这个戒指，我晚上戴着不弄下来。"

"少年，你得面对现实。"南风晚似笑非笑地看着他，对于他的话完全不当一回事。

"不可能，今天谁拿走戒指，我就跟谁拼命！"

"这句话非常有歧义，没了戒指，你觉得你能赢得了谁呢？"南风晚非常残酷地戳破了真相。

"总之，不给！"

"这个戒指戴久了，对你没有好处。"南风晚叹了口气，说道，"在戴着戒指的时候，你整个人都处于极度兴奋的状态中，就算疲惫，也会很快恢复过来。那其实是在透支你之后的力量，如果你长时间戴着，身体一直处于亢奋状态，到最后，就算戒指没有取走，你估计也只剩下半条命了。"

听到南风晚的话，程星林感觉自己快要被悲伤的泪水淹没了。

第一次取下戒指的时候没有感觉，可之后那次和夜一凉战斗的时候，就发现自己非常疲惫，他本来以为是当时战斗太拼命的缘故，没有想到，居然还有这一层原因。

"你这个家伙，其实你是夜一凉派来折磨我的吧！"程星林泪眼迷茫地伸出手，一边控诉，一边慢慢取下戒指。

看到他的动作，南风晚脸色一变，大吼道："别取下来！"

"你想要继续透支我的体力，你的心真是大大的坏。"我才不会听你的，听你的是傻瓜！

南风晚越说，程星林越是飞快地将戒指取了下来，然后，他后悔了。

咻咻咻……

脱下戒指的一瞬间，他的身体就开始不受控制地往下掉，中途还砸到了摩天轮。

这是出师未捷身先死的节奏吗？

要死了要死了！

妈妈呀，儿子不孝，还没救回晓晓就死了。没有了他，人类世界一定会被夜一凉控制，到时候，我们只有在地下全家团聚了。可怜这一枚如花少年，就这样香消玉殒了……

南风晚抱着胸，看着程星林惊恐地嗷嗷叫，无奈地摇了摇头，说道："也不看看自己站在什么地方。"说着，他摇了摇头，身体一转，帅气的身姿在空中划出一道优雅的弧线，迅速朝程星林冲过去，在程星林即将跟地面亲吻的一瞬间，一把将戒指套在了他的手指上。

程星林紧闭着双眼，想象中那天崩地裂的痛楚并没有袭来，身体在一瞬间又变得轻飘飘的，一直到双脚感受到了大地的坚硬，他才慢慢地睁开一只眼，随即，一道刺眼的光芒直射而来。

他真的死了啊，看来他真的完蛋了，难怪没有感觉到任何痛苦，难怪身体变得这么轻飘飘的。

原来天堂这么亮啊，都睁不开眼了！

"喂喂喂，臭小子！"

奇怪了，天堂的人说话也这么凶悍吗？天使不都是非常温柔可人的吗？

程星林怀着困惑的心情睁开眼睛，随即便看到一身制服的大胡子叔叔恶狠狠地瞪着他："臭小子，你怎么混进来的？"

"我……"死了不都是自动上天堂吗？还能怎么混？

不过这位天……呃，天使大叔，制服看起来可真是接地气啊，居然是保安制服，看起来还挺眼熟的。

"赶快出去，真是的，什么时候混进来的，我居然不知道，该死的，出去出去！"大胡子大叔敲了他几下，恶狠狠地说道。

疼痛从脑袋上传来，程星林这才发现自己还活着，看清楚四周，这里是摩天轮下面，而那位大叔，看清楚了他的制服，原来就是游乐园保安的制服。

"原来我没有死啊……"程星林顿时眼泪汪汪，一把拉住大胡子的手，喜极而泣。

大胡子被他的反应吓了一条，以为自己遇上了一个疯子，生怕他发神经，居然破天荒地用温柔的声音安抚他："小朋友，你快点回家吧，爸爸妈妈还在家里等着呢，是不是找不到家了啊？叔叔给你叫警察好不好！"

程星林拉着大胡子的手不停地擦着眼泪，并摇头说道："谢谢叔叔。叔叔，你再打我一下，让我确认一下自己还活着，用力打，用力点！"

大胡子终于确定自己不是遇到了疯子，而是遇到了傻子，一扫刚才温柔的神色，一把抓起他的领子，朝着他的耳朵恶狠狠地吼道："你再不出去，我就把你关进小黑屋！"

"砰！"程星林还没来得及感受重返人间的喜悦，就被大胡子直接扔出了游乐园，一声巨响，身体与地面亲密接触，痛得他龇牙咧嘴。

"哈哈哈……"南风晚的笑声从头顶传来，他咬着牙抬起头，看着那个笑得上气不接下气的物灵，气不打一处来，直接扯下戒指，朝他丢了过去。

南风晚微微侧身，抬手接住了戒指，微笑着朝他说道："欢迎回到人间。"

"你故意的吧！"程星林坐起来，气哼哼地指着他的鼻子骂道，"真是个不仁不义的家伙，我算是看错你了。从今天开始，我们绝交。"

"我真怕。"他一边优雅地喝茶一边说。

程星林仰天长叹，神啊，有没有人将这个家伙收了呀，实在是无法跟他继续相处下去了。

"呜呜呜……妈妈……呜呜呜……爸爸……"一道哭声突然从远处传来，隐隐约约不甚清楚，但也能听出来是一个小孩子。

程星林站了起来，和南风晚对视了一眼，悄悄朝那哭声靠近。在长椅上坐着一个小男孩儿，胖嘟嘟的小手不停地抹眼泪，小身板在长椅上摇摇欲坠，小小的脑袋上绕着一团黑烟，所幸，不是很黑。

"连这么小的孩子都下手。"南风晚蹙着眉头，顺手将戒指丢给他，"解决掉！"

带上戒指的程星林立即变身，迅速将小男孩儿从物灵的附身之中解救了出来。

等到物灵消散，小男孩儿蓦地停止了哭泣，抬起头愣愣地看着程星林。

程星林刚刚消灭掉物灵，还没来得及收手，双手就这样横在他面前，姿势看起来十分诡异。见小男孩儿看着自己，他尴尬地笑道："小朋友……"

小男孩儿擦掉了眼泪，奇怪地问道："叔叔，你在做什么？"

叔叔……

一阵天旋地转，程星林差点跌倒在地，他看起来很老吗？他才十几岁呀，居然被人叫叔叔！

而一侧的南风晚早已经不顾形象，哈哈大笑起来，在空中翻滚。

程星林眯起眼睛，在脑海里无声地提醒他："少爷，形象，注意形象，请问您的贵族形象在哪里？"

南风晚立即恢复优雅的姿态，继续喝着茶，一副若无其事的样子，仿佛刚才爆笑的那个人根本就不是自己。

这个该死的精神分裂！

程星林默默地转过头看向叫自己叔叔的小朋友，报复性地将他的头发揉得乱七八糟，笑呵呵地说道："你叫我大哥哥就好了。"

"大哥哥……"小男孩的嘴巴扁了扁，又开始哇哇大哭起来。

"喂！发生什么事儿了？谁在哭？"一个粗犷的声音从树丛的那一面传来，紧接着，一道强光直射了过来。

程星林下意识地闭上了眼睛，就听到那声音吼道："又是你！"

他睁开眼睛一看，原来是刚才那位大胡子。

"小子，你在干什么？"大胡子对他的印象很显然不大好，在他身上瞟了瞟，又往小男孩儿的身上瞟了瞟，冷冷问他："这是你家小孩儿？"

程星林的额头默默爬上了黑线，大叔，你有没有搞错，没看到我是一个风度翩翩的少年郎吗？哪里来的小孩儿，还是这么大的！

他正想要抗议，大胡子的眼睛里已经露出了防备的神色，说道："看起来不像呀，难道你是……"

大胡子说着，立即走上前，和蔼可亲地问小男孩："小朋友，你认识他吗？"

程星林默默看着大胡子极力扭曲自己的面容，想要表现出一个和蔼可亲的表情。他实在是很想说一声，大叔，你现在比刚才还要可怕，简直就像一个拐卖儿童的坏蛋啊！

小男孩刚刚看清楚他的脸，扁了扁嘴，再度张开嘴巴："哇……坏人！你是坏人！"

"小朋友，叔叔不是坏人，叔叔……"大胡子瞬间崩溃，急得不知如何是好。小男孩儿直接投奔程星林，一把抱住他的大腿，怯生生地看着大胡子。

"那个……真是你家的孩子？"大胡子看了看程星林，又看了看满脸警惕的小男孩儿，终于误解了他们的关系，站直了身体，叹了口气，拍了拍他的肩膀说道："少年，既然做了，就要负责任，孩子这么小，你不能抛弃他，现在赶紧带他回家吧！"

"啊？"程星林完全没料到剧情的变化，张大嘴巴，愣在了那里。

大胡子却将他的反应当成了拒绝，立即沉下脸说道："怎么？你还不想带回家？"

"不是……这不是……"

未成年"爸爸"

"刚才看你在摩天轮那边鬼鬼祟祟的,我就觉得你有问题,本来以为你是偷东西的,没想到,你居然是要将自己的孩子丢掉。你知不知道孩子是祖国的花朵,是国家未来的栋梁!"大胡子说到这里,已经十分愤怒,口沫横飞:"你知不知道有多少人想生孩子都生不出来,你知不知道一个孩子长这么大需要多少心血,你真是太不负责了!"

说着,大胡子将小男孩儿抱起来,往程星林的怀里一塞,恶狠狠地说道:"赶紧带回家,不然,我就要报警了,告你遗弃儿童!"

说完,大胡子又朝小男孩笑眯眯地点了点头,说道:"多么水灵的孩子,我要是有一个就好了。"

小男孩被吓得不轻,立即将他的小脑袋埋进了程星林的怀里,于是,程星林再度接收到了大胡子既愤怒又羡慕的眼神。之后,大胡子就转身离开,一边走还一边说:"我就当没看到,你赶紧带回家,下次再让我看到你抛弃孩子,我一定弄死你!"

程星林抱着小男孩,激灵灵打了个颤,光听那话都能感受到大胡子那咬牙切齿的恨意。

他默默地抱紧小男孩,抬头望天,忧伤地问道:"我到底招谁惹谁了?"

"很可爱的小男孩嘛,天上掉下一个小娃娃,你走运了。"南风晚完全是一副幸灾乐祸的态度。

"小朋友,你告诉哥哥,"程星林蹲下身朝小男孩问话,特别强调了称呼上的问题,"你的家住在哪里?你的爸爸妈妈呢?"

"爸爸妈妈……"小男孩扁了扁嘴,断断续续地说道:"妈妈叫我坐木马,然后,爸爸来了,他们吵架,就不见了。"

天哪,这父母的心是有多大,只顾着吵架,孩子丢了都不知道。以后我绝对不会让我的儿子遇到这种事,我保证!

看着程星林默默地握紧小拳头，南风晚在一侧淡淡接口道："女朋友还不知道是天边的哪一朵浮云呢，居然开始想儿子了。"

程星林转过头，怒目圆睁，结果，没有威胁到南风晚，却将小男孩吓得哇哇大哭。

树林的外头，一道声音恶狠狠地传过来："还不快回去！"

他无奈地看了看小男孩，满脸痛苦，真的要带回家吗？天哪，老妈会不会以为这是他的私生子？

"放心，你妈妈这种辨别力还是有的，她肯定比我更了解自己的儿子到底是什么情况。"

这一次，程星林不敢再露出愤怒的眼神了，因为小男孩正盯着他看。

先带回家吧！不知道如实告诉妈妈，她会不会相信？

事实证明，南风晚说得对，妈妈看到小男孩之后，第一个反应居然是："你从哪里捡来的孩子？"

他年纪这么小，老妈不会想到那里也是正常的。这个小孩看起来两三岁的样子，两三年前，他还是个未成年呢！妈妈抱着小男孩，听完程星林说的经过，转头一面给小男孩吃东西，一面哄着，就让小男孩说出了家里的一切。

之后，妈妈对程星林说道："他家的地址你也听到了，现在虽然已经很晚了，不过孩子丢了，大人还是会着急的，所以，你还是先给人家送过去吧！"

"我？"程星林一听，差点从沙发上跳起来。

妈妈呀，你根本就不知道自己的儿子今天到底经历了什么，现在将那小孩送回家，那还要不要睡觉了，明天可怎么办啊！

"怎么，难道让我送那孩子吗？现在天这么晚了，妈妈一个弱女子，你难道不替你妈妈担心吗？"妈妈明显对他的态度十分不满，立即训道。

程星林瞄了一眼屏幕上静止的画面，默默地腹诽，你是舍不得放下你的肥皂剧吧！

妈妈迅速从他的眼睛里看出了不满的神色，立即扬手，直接扫了一下他的头顶，气哼哼地说道："要不是你爸爸今天加班，我还需要找你？你就是个不靠谱的，难得有点儿用处，就该好好表现一下，这么个反应，真是让妈妈失望。"

诛心之言，诛心之言啊！

程星林顿时眼泪汪汪。妈妈，你完全不懂我的感受，不懂我肩负的使命，不懂我承担的压力。

或许……

明天可以休息一天吗？他用期望的眼神看向南风晚。结果，对方摇了摇头，说了一句："如果你不着急找回你妹妹的话。"

好吧，他知道了！

第十一章
新的能力

程星林抱着小男孩儿走在路上，小男孩儿已经在他的怀里睡着了，呼吸均匀，似乎睡得十分香甜。

三更半夜，他家爸妈都不着急，为什么他们要这么着急呢？

"晚一步被人家找到了，可能会告你拐卖儿童。"南风晚飘到他的面前，笑眯眯地对他说。

许久，两人终于抵达了目的地。

程星林撑开腿勉强将小男孩顶住，然后敲门，但敲了几声都没人应，他随手拧了一下门把所，发现门居然没有锁，直接打开了。这家人的心真的已经大到了令人担心的地步。

"有人吗？"程星林喊了一声，没有回应，四周一片漆黑，他犹豫了一下，随手按下了灯的开关，顿时被眼前的场景吓到了。

好大！好豪华啊！

这个房子足有三百平方米大小，装修十分高级，水晶灯在半空挂着，沙发一看就是高档货，还有墙壁上的画，虽然程星林不懂艺术，但也可以判定绝对不便宜。

这么大的房子，居然不锁门，这不是明摆着让人偷吗？

他是不是应该顺手弄点东西走？

不不不，他是祖国的四好青年，小时候还是个三好学生，做这种事情会让红领巾染上污点，会被唾弃的！

念头一闪而过，他决定放下孩子就走人。

可是，孩子放到哪里好呢？他无奈地看了一下四周，私自进人家的房间终归不好，沙发这么大，就放沙发上吧。

"你就这样放着他不管了？"南风晚突然问道。

"不然呢？我都已经把他送回家了，还要怎么样啊！"程星林不明白南风晚为什么这么问。

"前两天我看了个新闻，说一个两岁的男孩一个人关在家里，结果掉下了阳台；还有一个新闻，说一个三岁的小女孩独自在家里，大人忘记锁门，结果小偷闯入，偷走了东西，还把小孩偷走了……"说着，南风晚瞅着他，不再继续。

"好吧。"好人做到底，送佛送上西，程星林认命。

"这才对嘛，就算人家把你当小偷，那也没有关系，带上戒指，我们飞走就行了！"

你能不能有点儿常识，外面四处都是监控，飞走了人家就不知道了吗？！

程星林瞬间觉得自己进入了一个陷阱，他刚刚将小男孩放下，小男孩一抬手，直接将他抓住，紧紧地，完全是不让走的节奏啊。

他的命怎么就这么苦呢！

看来，这个小偷是当定了。

万一被当作小偷，他要怎么办？怎么证明自己的清白？

想着想着，他就迷迷糊糊睡着了。

看着他闭上双眼，南风晚脸上的笑容缓缓消失，转身仔细观察这个屋子，目光最终落在了一幅画上，终于叹道："情况还蛮严重的，希望这个家伙能够应付得来。"

睡梦里，程星林见到了晓晓，高兴得几乎要扑过去，可晓晓根本不给他机会。正当他好不容易拉住晓晓手的时候，那张脸突然变成了夜一凉，龇牙咧嘴，直接将他吞进了肚里。

"救命！"他吓了一大跳，身体一滚，直接掉到了地上，幸好地面十分柔软，这才免除了他的皮肉之苦。

他缓缓睁开眼睛，看到了一张萌萌的小脸，见他醒过来，小男孩十分高兴，立即转身跑开，并喊道："妈妈，妈妈，叔叔醒了。"

小朋友，我不是叔叔，我还是哥哥！

程星林无力地在心里抗议，手脚却举不起来，昨天的后遗症终于表现出来了，他感觉自己整个身体都要散架了，连头都抬不起来！

人生真是难熬！

程星林在心里默默地忧伤了一下，耳边传来了缓缓的脚步声，以及一个声音："你没事吧？"

真是……太好听了，就像天籁一样，耳朵似乎得到了一场特别奢侈的享受，他整个人都有些飘飘然，再定睛一看，小心脏就开始乱动了。

美人，绝对是美人，白皙的肌肤，漂亮的大眼睛，漂亮的小嘴因为微笑而微微弯起，微微卷起的长发因为她的俯身，温柔地落在他的面前，丝丝缕缕的清香传到他的鼻端，啊……真的好醉人啊……

完美！这样的美女只能用完美来形容。

于是乎，对于小男孩叫他叔叔这件事，他也就释然了！

他妈妈这么年轻，显然叫叔叔更合适一点，最重要的是，和美女还能更贴近一点，嘿嘿……

"你没事吧？"见到程星林没有动，美女显然有些紧张。

程星林连忙收回畅游在外的心神，想要坐回沙发上，这样的姿势实在太狼狈了，第一印象立即就是负分，他才不要，必须让美女认识到他也是个翩翩美少年才行！

少爷，快给我戒指，让我恢复力量站起来。

南风晚在一侧冷眼看着他，始终没有出声。

这个家伙关键时刻总是做出令人忧伤的事情，不过没关系，他觉得自己潜力无限，还是可以努力一把的。

美女，请赐予我力量吧！

程星林两眼放光，慢慢坐到沙发上，努力让自己看起来像一个优雅的绅士。当然，这个绅士只出现在他曾经看过的电视里，至于后宫漫画，毕竟是静态的，这个时候，他才有种阅历太少的悲伤感觉。

"你好，我是小南的妈妈。"小南妈妈微微笑着，还伸手扶了他一把。

软软的感觉弥漫他的全身，程星林眼里的粉红泡泡都快要溢出来了。

可是……等下！

为什么……

就在小南妈妈触碰到他的那一瞬间，他眼前的一切突然间全部都凝固住了，先是陷入到了一片黑暗中，紧接着，一道亮光出现，眼前浮现出了一个画面，就像放电影一样。画面上有一男一女，男的是一个长得十分……好吧，十分帅气的男人，女的，就是小南的妈妈。他们走在一个喧闹的商场里，男的手上有一大包东西，小南的妈妈手上也有少量物品，另外一只手挽着那个男人，表情十分幸福。

"老公，接下来我们得给小南买点东西，他一直想要个乐高玩具，我们得在他生日之前给他买了，做生日礼物！"

"哦。"高富帅明显一副心不在焉的样子。

"对了，天气冷了，小南的衣服也得添一部分了。"小南妈妈继续说道。

"恩，行吧。"高富帅的口气依然十分敷衍。

"不过，接下来，我们还是先给你买一身衣服吧。公司的年会要开始了，爸爸今年要退下来，你刚好接班，第一次年会，一定要给他们留一个好印象才行。"

"行了，你烦不烦！"高富帅似乎被她念叨得烦躁了，冷冷地开口。

小南的妈妈愣了一下，眼睛里闪过一丝难过，但还是强忍着露出笑意，说道："是，你辛苦了，真是抱歉，让你烦躁了！"

高富帅似乎也觉得自己的口气不对，态度稍微软了一些，说道："孩子的东西，我陪你去买，至于我的，我会自己安排，你就别操心了！"

听到这句话，小南妈妈的脸上这才露出真心的笑容，点了点头，亲昵地将头靠在他的胳膊上。正要往前走，突然间，一个身影拦住了他们的去路。定睛一看，是一个二十岁左右的女孩子，穿着十分性感，眼底下还有一颗蓝色的泪痣。

"小姐，你这是……"小南妈妈以为对方是要抢路，可看到她就站在原地，又有点儿不像，搞不懂对方要干什么，于是困惑地问她。

而高富帅此时的表现明显有些不自然，他拉着小南妈妈往另外一个方向走去，但那女人却直接站到了他们面前，拦住了他们的去路，冷冷地问道："你要什么时候才告诉你家黄脸婆？"

听完这句话，再糊涂，小南妈妈也明白过来了。

她不可置信地看着眼前的一男一女，眼泪在眼眶里弥漫，可还是强颜欢笑地说道："小姐，你是不是认错人了？我家先生……"

"张音磊先生，SK集团新任董事长。"那女人面无表情地说出了一句话。

很明显，那个名字就是高富帅的名字。此时小南妈妈的脸上已经

新的能力

完全没有了血色，如果一开始可以欺骗自己，那么现在，已经完全没有希望了。

小南妈妈张了张口，还没有说话，那个女人直接说道："你说过的，要跟你家黄脸婆摊牌，今天是最后的期限，可是你还没有给我一个消息，我要你现在就说清楚！"

这一次，高富帅也不否认了，拉着那个女人的手说："回去再说，好吗？"

"你怕她什么呢！你现在已经成功坐上了总裁的位置，他家现在还要依靠你呢，还有什么好怕的！"那个女人气势汹汹地指着小南妈妈，完全一副藐视的口吻，"你说说，这个女人除了做家务，还能干什么？哼，做家务都是下人的事！"

剩下的内容，就是那个女人不停地攻击，而小南妈妈不停流泪的画面。最终，高富帅被那个女人拉走了，而他们之前买的那一堆东西就散落在地上。

小南妈妈一面流泪，一面将地下的东西慢慢捡起来。就在这个时候，一道黑色的烟雾悄悄飞了过来，笼罩在她的身上。

物灵就在这个时候附身了！

接下来，他就看到了一些令人心塞的画面。小南妈妈整天以泪洗面，脾气变得越来越阴郁，甚至会在某些时候打小南，可是过后，她又会十分后悔。在之后的日子里，这样的事情越来越多，小南被打得伤痕累累。

后来，小南妈妈约了丈夫去游乐园，两个人吵了一架，谈崩了，她最后的一句话是："好，既然你不在乎这个家，那孩子对你来说也没有任何意义了，我不要了！"

对方冷冷一笑，说道："你以为我想要？"

说完这句话，两个人分别往不同的方向走了。

也不知道走了多久，小南妈妈走到了一片树林里，突然间，她好像清醒了过来，发现小南不见了，发了疯似的到处找孩子，还去警察局报了警，出动了许多人力。当程星林在她家的沙发上睡觉的时候，外头已经翻天了。

看到这里，画面的光芒渐渐削弱，随着程星林的困惑，他听到了南风晚的声音："真是没想到，你居然还有这样的能力，算是一个大惊喜。"

他还没有反应过来，黑暗又重新笼罩了过来，紧接着，小南妈妈的脸出现在了他的面前。

"你还好吧?"眼神中充满了关切，完全不像被物灵附体的女人。

"我……还好!"程星林看着小南妈妈的眼神里多了几分怜悯。

这样的事对任何一个女人来说，都是一个沉重的打击。可恶的男人，那个女人有什么好的，跟小南妈妈比起来，当佣人都嫌丑。

小南妈妈也察觉到了他的眼神，心里有些困惑，也有些不安。他不会是发现了什么吧?不可能啊，这件事她连爸爸都没有说过，应该是自己多心了!想到这里，她脸上又露出了笑容，温柔地说道："饭已经做好了，你肚子一定饿了吧!"

"好的!"他的目光顺着落到了桌面上，口水差点流下来。

一见到美食，他就有些忘我，立即狼吞虎咽地吃了起来。人家做了这么一桌好吃的，只有吃光了，才是对人家的尊重。

看着程星林吃得如此兴奋，小南仿佛也受到了感染，开开心心地吃起来，有时候还很懂事地给他夹一块自己最喜欢吃的胡萝卜。

而小南妈妈看着这一幅和谐的画面，脸上也露出了笑容。

吃啊吃啊，小南突然停下筷子，转过头向妈妈问道："妈妈，爸爸什么时候回家呀?"

听到这句话，小南妈妈眼里的笑意一瞬间消失得一干二净。

新的能力

小南似乎察觉到了妈妈的不一样，脸上露出了惊恐的表情。

程星林正觉得奇怪，转过头一看，立即发现小南妈妈的表情变得狰狞恐怖："你就这么想爸爸吗?"

小南连忙跳下椅子，怯懦地躲到了程星林的身边。

可是，小南妈妈完全没有放过他的意思："你其实也想跟爸爸走对不对? 你早就不想要妈妈了是不是?"

"妈妈……没有，我……我想和妈妈在一起……"小南连忙走上前一步，随即似乎是意识到了什么，又想往后躲开。

小南妈妈眼疾手快，先一步将小南往自己的身边拽，顺手抓起了筷子，眼看就要挥下去!

"咔!"一个响指传过来，四周的画面瞬间静止了。

程星林转过头，看向南风晚，南风晚随手就将戒指丢给他，喝道："快点!"

他立即回过神，迅速将戒指套到手指上，一瞬间，双眼的颜色迅速变了模样。接着，他摊开手掌，一把长剑迅速出现，发着金黄色的光芒。

"不好意思，一激动，自己幻化出了一把长剑。"程星林脸微微一红，准备将长剑收回，却被南风晚阻止了："以前是因为你自己本身没有力量，所以幻化出来的武器也无法消灭物灵，现在你经过训练，可以用自己的武器试试看了。"

程星林的心一喜，立即握紧金剑。两个人说话间，附身在小南妈妈身上的物灵似乎察觉到了危机，竟然钻进了小南妈妈的身体里。

"该死的，你以为这样我就没办法了?"程星林挥起了武器，迅速朝还没有钻进小南妈妈身体里的黑烟打了过去。

重击之下，黑烟果然浮了出来。

"痛打落水狗!"程星林更来劲了，赶忙给出连环重击。

金色的碎片光芒在这一瞬间洒落在小南妈妈的身上，渐渐聚拢起来，慢慢蔓延到小南妈妈的全身，头顶上的黑烟更加浓烈，可还有一部分在小南妈妈的身体里逗留。

"要是能有个武器把那玩意儿拽出来就好了！"程星林打得手发麻，忍不住说道。

他的话音刚落，一道紫色的光芒迅速飞了过来，以迅雷不及掩耳之势直接将那团黑烟拽出了小南妈妈的身体。

程星林眼睛一亮，手中长剑立即挥过去，一瞬间，就将那团黑影从小南妈妈的头顶割裂，同时当头一击。

黑色的液体缓缓从小南妈妈的身体里流出，随后在空气中消散得无影无踪。

"真帅！"程星林打了个响指，满脸微笑。

南风晚在一侧淡淡地说道："这只是开始。"

"我知道，后续还有很多物灵。"

"将物灵从她的身体里消除，只是治标，问题依然存在。"南风晚缓缓说道，"你刚才没有看到吗？那个男人也十分奇怪，似乎也被物灵附身了。"

程星林蓦地转过头："你的意思是，我还得去找小南的爸爸？"

"要将问题彻底解决，否则，物灵最终还是会回来。"

好吧，一想到要去见那个高富帅，程星林瞬间觉得压力巨大。

南风晚收回了他的戒指，打了个响指。

小南的声音尖叫起来："妈妈，不要打我！"

小南妈妈愣了一下，奇怪地看着自己的手，蓦地抱住了小南，伤心地说道："小南，对不起，妈妈这段时间太伤心了，做了对你不好的事情，妈妈保证，以后不会了。小南，你是妈妈的希望，不要离开妈妈，好吗？"

小南抱住妈妈，乖巧地点了点头："妈妈，小南爱妈妈，妈妈打小南吧，小南不疼，小南是男子汉，很勇敢。"

听到小南如此懂事体贴的话语，小南妈妈的眼泪更加汹涌了。

程星林看着眼前的一幕，突然间觉得自己实在是太幸运了，记忆里妈妈好像从来没有打过他。

"不打不成器啊！"南风晚的声音闲闲地传了过来。

程星林决定当没听见！

……

"真是对不起，让你看笑话了！"

小南妈妈在情绪缓和之后，十分不好意思地跟程星林道歉。

"没有关系的，呵呵。"程星林不知道应该怎么安慰人家，只能干笑。

"我从前不是这样的。"小南妈妈感慨道。

"我和我先生是在大学的时候认识的。那个时候，他还只是个穷学生，我也隐瞒了我的家世。大学毕业后，他知道我是SK集团的大小姐，当时他一度拒绝和我交往，但最终还是下定决心跟我在一起。毕业没多久我们就结婚了，一起进入公司工作，他的工作能力很强，很快就升到了管理层。刚开始，虽然有很多人说他是靠我的关系上位，不过到了后面，他的成绩突出，也就没有人这么认为了。"

"那么，他对你好吗？"

"对我啊……"小南妈妈转头看向窗外，陷入了沉思，似乎回到了遥远的记忆里。她唇角微微弯起，露出了幸福的笑意："其实，我们结婚之后，感情一直很好。在他进入管理层之后，我就离开了公司，开始过我自己想过的日子。后来，我们有了小南，日子就更加美好了。"

"那么，你一点都没有察觉到他的不对劲吗？"

"不对劲？"她的眉头微蹙，"应该是一个月之前吧，他的态度明显冷淡了很多，有时候也不理我。我以为他的工作出现了问题，也不敢多问，只是悄悄让我爸爸多帮着点他，可是没有想到……"说到这里，小南妈妈的眼里浮现出一层雾气，她用力吸了口气，说道："现在想起来，其实也有我自己的原因，我不够温柔，离开公司之后就跟社会脱节了。"

"如果他出现的问题，其实并不是出自他本心，而是迫不得已，你……还想要挽回这段感情吗？"程星林吞吞吐吐地问道。

"我……我也不知道能不能原谅，但挽回还是要的，毕竟……"小南妈妈看了看一侧独自玩耍的小南，说道，"小南需要爸爸。"

"既然如此……"程星林摸着下巴，仔细想了片刻，突然一拍桌子，吼道："有了！"

"啊！"被他突然吓了一跳，小南妈妈下意识地看向他，"什么？"

"明天不是小南的生日吗？你可以以这个理由让小南的爸爸回来，你们说清楚，好好谈谈，也许小南爸爸看到小南，心里会有别的想法。"

"是要好好谈一谈了，不过……"小南妈妈奇怪地看了他一眼，"你怎么知道小南明天生日？"

"我……呵呵！"总不能告诉她，自己是从某些画面里知道的吧！程星林迅速将视线往四周转了一圈，随即眼睛一亮，指着墙壁上的挂历说道："你那边写着呢！"

"是这样呀！"小南妈妈了然地点了点头。

第十二章
Happy Ending才是俊男美女的标配

回家的路上。

"你让小南妈妈引高富帅回家，是要想办法除掉他身上的物灵吧？"南风晚坐在他的肩膀上，仰着头看着天空，突然问道。

"是啊，虽然并没有接受邀请，不过有了戒指，我们还是可以神不知鬼不觉地出现。"程星林信心满满地说道。

"那万一，高富帅根本就不愿意出现呢？"

程星林愣了一下，惴惴不安地说道："应该……不会发生这种事吧……毕竟是儿子生日。"

程星林说着，突然想起了另一件事，笑嘻嘻地转过头问南风晚："话说回来，为什么我抓住小南妈妈的时候，眼前会出现那些画面呢？"

"是啊，也不知道你是走了什么狗屎运，居然会有这样的能力。"南风晚叹息道，似乎对程星林拥有这个能力感到不可思议。

"哦？看起来，这个能力很强大。"程星林星星眼瞬间浮现，十分期待。

夸我吧，拥有这么强大的能力，不是上天选定的救世主，还能用什么解释呢?

"你能看到人类被物灵入侵的那一刻的情形,说起来,可能跟我的力量有关。"

切!居然往自己脸上贴金,见过无耻的,没见过这么无耻的。

程星林不屑,同时毫不掩饰自己的鄙视。

"这是很多噬灵师梦寐以求的能力,毕竟,知道了物灵附身那一刻发生的事情,可以少走很多弯路。"说着,南风晚十分老成地拍了拍他的肩膀,说道:"少年,一定要好好珍惜我给你的这个能力哟!"

程星林默默地转过头,对自己提出这个问题感到后悔。

夸一下他会死啊!果然不能从这个家伙的嘴里听出什么好听的话。

这一刻,程星林突然很期待那个叫三刀的人出现,如果告诉他自己有这样的能力……

嘿嘿嘿……

程星林几乎可以想象到他惊愕到下巴都掉下去的眼神!

南风晚无语地看着他陶醉在自己的世界里,十分想告诉他,你貌似跟人家不熟,这样自我陶醉,是不是有点太夸张了!

……

夜黑风高,星月朦胧,两道身影悄悄潜入某个小区,当然,这两道身影基本没有人看得到。

程星林将整张脸贴在玻璃上,小心翼翼地看着里头的动静。

屋子里灯火通明,被布置成生日会的样子,只不过,除了小南和他的妈妈,没有其他人。

"高富帅还没到呢!"程星林喃喃说着,心里默默祈祷,千万不要不出现啊。

"作为人类男人,你的直觉还是不够准啊。"南风晚在一侧幸灾乐

Happy Ending 才是俊男美女的标配

祸，目光也落到了屋子里。

"哼！"程星林发现，自己最近用鼻子出气已经成为了习惯。

"妈妈，爸爸真的会回家吗？"小南看着蛋糕，满怀期待地问道。

小南妈妈摸了摸儿子的脑袋，温柔地说道："会的，你别担心。"

"妈妈，到时候一定要给爸爸吃我做的蛋糕，一定哦！"

"好的！"小南妈妈微微笑着，眼里却是满满的担忧。

两个人话音刚刚落下，客厅的大门就被打开了。高富帅出现在了客厅里，脸色看起来十分疲惫，表情也非常严肃。

"爸爸！"小南开心地冲过去，高富帅弯下腰将他一把抱住。

"来了，来了！"程星林激动地喊道，口气十分得意，"你看，作为人类，我还是很合格的吧！"

说着转过头朝南风晚看过去，却发现自己的身边空空如也。

人呢？

"作为人类，还需要物灵来肯定，你也是挺悲哀的。"南风晚的声音从前方传过来，程星林循声而去，顿时倒吸了一口气，这家伙居然直接登堂入室，而且，就站在高富帅的身边。

不得不说，除了那双眼睛有点诡异，南风晚还是蛮帅气的。当然，他不打算将这句话说出来。

程星林瞪着眼睛，向南风晚吼道："你怎么进去了？"

"你也可以进来，反正他们也看不见。"

程星林一愣，好像……是这么回事。等他回过神来，随即更生气了："那你刚才为什么飘在外面？"

"外头月色好。"南风晚慢悠悠地说道。

"过分，骗我贴着墙壁那么久。"一想到自己刚才狼狈的样子，程星林的怒气就蹭蹭蹭往上涨。

"我以为你想当蜘蛛人呢！"南风晚不怀好意地笑道，"那不正符合你当救世主的心态吗?"

"……" 程星林决定用眼神杀死他,杀不死也要让他感受到自己的杀气。

"你还不进来? 想继续做蜘蛛人吗?" 南风晚笑眯眯地问道,

程星林这才回过神,然而摸了摸硬邦邦的玻璃,无奈地问道: "那个……怎么进去?"

南风晚满眼鄙视,随手从空中画出一个圈子,轻轻扬手,那圈子就飞了过来,贴到墙壁上,一瞬间,墙壁就被穿透了。

不过,程星林看着那小小的洞穴,怎么看怎么像狗洞。

尊严,人类的尊严受到了践踏。

可恶的物灵,等着,爷有一天一定会代表月亮惩罚你。

现在……先进去再说!

程星林弯下腰,正想进去,突然间觉得身后的气息一紧,他下意识转过头,就看到月光之下,一个人影缓缓靠近,还有点眼熟,好像是那个叫三刀的人。

哎呀,来了个碍手碍脚的!

程星林立即弯腰,迅速钻进房间里。南风晚把洞一收,隐隐约约之间,外头传来 "砰" 的一声, "啊——" 痛苦的叫声渐渐远去。

大家都是人类,何必如此残忍啊!

"碍手碍脚的人到了,我们得加快速度。" 南风晚的声音冷冷传来。

程星林想起上次见三刀的情形,心里不禁生出一股同情。可怜的噬灵师,不知道所有人是不是都是这样的待遇。

另一面,高富帅和小南妈妈陷入了沉默中,只有小南在一旁叽叽喳喳地说话,听到外面传来的声音,两个人不约而同地开口: "什么声音?"

说话间,两人双眼对视了一下,又迅速转移开来。

Happy Ending 才是俊男美女的标配

"看起来十分尴尬的样子。"程星林都替他们着急。

不过，他也感到奇怪，高富帅脑袋上的黑烟比小南妈妈要浓重得多，可现在，他的表现却非常淡定。

照道理，现在应该是一言不合就开撕的节奏啊。

"哇哇哇……不要抓我走，我不是小偷……"隐隐约约之间，有个哀嚎的声音传了过来。

程星林在心里为那位叫三刀的同志默哀。

"原来是进小偷了，现在小区的治安怎么越来越差了。"高富帅喃喃说道，"你一个人在家里，可要小心点。"

一句话，小南妈妈的眼眶立刻红了起来。她转过头，努力恢复自己的情绪，露出笑容，说道："谢谢你的关心，我会的，以后一个人，我会坚强起来的。"

高富帅的眼神有些奇怪，他抬起手，似乎想要拉住小南妈妈的手，可抬到一半，又落了下来，摸了摸小南的头，随即说道："吃过蛋糕了，我还有……"

"等小南睡着了再走吧。"小南妈妈不等他把话说完便开口道，眼神中满是哀求。

可是，高富帅不但没有被感动，反而露出了不耐烦的表情："你也知道……"

"咔！"一声响指，四周一切静止，南风晚朝程星林使了使眼色，程星林走到他的面前，将手放在他的头顶。

一如上次，铺天盖地的黑暗席卷而来，随即，画面缓缓在面前浮现。

画面里有一个办公室，看那个布局，应该是总裁办公室。敲门声过后，高富帅走了进来，恭敬地说道："爸爸。"

坐在椅子上的人转过身，是一个看起来接近六十岁的老者，他的头发有点儿花白，但看起来十分精神，仔细一看，长得跟小南妈妈有点相似，应该是小南的外公。

"爸爸，你找我有什么事吗？"高富帅走到老者的面前问道。

老者蹙着眉，将一份文件放到他的面前，脸上是浓浓的担忧。

高富帅拿起来翻着看，房间里一片安静，只剩下沙沙的翻页声。

过了一会儿，高富帅才抬起头，眼里也布满了和老者一样的担忧。他犹豫了一下，开口说道："弟弟这次做的事情……有点过了！"

"这个逆子！都怪我，疏于管教。"老者将手指放到鼻子上，用力地捏了捏，似乎一下子老了十岁。

高富帅无奈地说："如果要解决这件事，我们需要付出一些代价，只是怕会被其他股东知道。"

"无非是金钱上的问题。"老者放下手，朝高富帅说道，"这件事你去处理，如果真的没办法，就把那小子关一段时间，让他长长教训。"

高富帅犹豫了一会儿，似乎下定了决心，点了点头，说道："这件事，我会处理，你不用担心了！"

老者感激地看着高富帅，说道："幸亏有你在，不然的话，我们……唉……"

高富帅走出了办公室，满脸阴郁。

身后走出来一个女人，正是商场里头见到的那个小三。她来到他的身边，有意无意地拉了下他的手，高富帅眉头微微一皱，直接甩开。

这时，他的电话铃响了。看着上面的名字，是小南妈妈，刚刚接通，就听到那头紧张地说道："老公，不好了，小南生病了！"

闻言，高富帅一惊，迅速往门口跑去。然而，赶到了现场才知道，原来只是小南和小朋友一起玩，不小心从滑梯上摔了下来，摔了一个小口子。

看着小南妈妈六神无主的样子，高富帅叹了口气，只能温柔地安

Happy Ending 才是俊男美女的标配

慰她。

画面渐渐暗淡，南风晚感叹道："作为一个男人，他的压力还是挺大的，妻子家的人一个个都不争气。"

"然而，这并不能成为他出轨的理由。"程星林依然十分维护小南妈妈。

再次亮起来的画面是在酒席上，觥筹交错之间，人家对他的口气却是十分不客气。

"说起来，你小子也不过是靠女人爬上来的，不知道在家里对着你家的母老虎是不是也是这种态度呢？哈哈哈！"

"郑总，我给您倒酒！"

"不错，态度可以，这个忙，我帮了，但是人情，你可要记得还！"

"谢谢郑总，谢谢！"

高富帅点头哈腰地送走了一干人等，看着城市的霓虹，叹了口气，说道："真的还要继续下去吗？要到什么时候才能结束呢？"

就在这一瞬间，一团黑烟迅速冲了过来，飞快钻进他的身体里，与此同时，高富帅的眼神也跟着变了样。

此时，商场里的那个美女再度出现，轻轻挽住了他的胳膊，在他的耳边说了一句话，高富帅的眼神微微一变，点了点头。

接下来是在一个酒吧里，疯狂的音乐肆虐着耳朵，高富帅不停地喝酒，并没有察觉到那个美女在他的酒杯里放了什么东西。

再度出现的画面是在宾馆里，高富帅苏醒，看到躺在身边的美女，满脸惊愕。

"为什么我会在这里？"

"昨天晚上……"美女笑得暧昧，伸手抱住他，嗲嗲地说道，"张总，你家母老虎跟那老头现在完全靠你来支撑大局，没了你，董事会那些人还不把他们生吞活剥了，你在怕什么呢？"

高富帅看了她一眼，眼中的光芒渐渐消失。

最后的画面，是在他的办公室。

"这是我的报告单，我怀孕了！"商场美女楚楚可怜地看着他，"张总，你说过会离婚，跟我在一起的。"

高富帅看着报告单，脸色凝重。

画面就此停下，剩下的事情，大家都知道了。

"真是想不到。"程星林盯着高富帅静止不动的脸，十分感慨，"我都不知道是该同情他，还是该责备他。"

南风晚却没有他那么多的想法，敲了敲他的脑袋催促道："开工了！那个噬灵师万一逃脱了找上来，你可就麻烦了。"

"他是噬灵师，物灵被他抓走跟被我抓走有什么区别吗？"

南风晚送给他一个"你是白痴"的眼神，耐心地跟他解释："你收服了这个物灵，可以增加你的战斗值，他收服了，就是增加他的战斗值，你要送给他吗？"

"当然没有这样的道理！"说话间，程星林迅速幻化出金剑，气势十分雄浑。

南风晚正要给他点个赞，结果他转过头说道："还像上次那样，敲脑袋吗？"

南风晚默默收回了自己的拇指，指了指旁边说道："你没看到他的物灵没有钻出来吗？"

"现在还不是行动的时候？"他奇怪地问道。

"上次小南妈妈身上的物灵之所以会被你降服，是因为她之前曾经到过一个地方。"

程星林明白过来："就像夜一凉一样，物灵受不了清新的空气，一遇到力量就会减弱，然后浮出来？"

"不，我想说的是，你现在不能拿剑，要拿的是另外一样东西。"

Happy Ending 才是俊男美女的标配

南风晚无语地看着他，"必须先将物灵拽出来。"

"那变个能抓出来的东西。"程星林尴尬地笑了一下，迅速吼了一声，手中的长剑一瞬间变成了一个带着钩子的绳索，他想也不想，就朝高富帅挥了过去。

随着这一钩子下去，那团黑雾似乎变成了一个有形的东西，被那钩子缠住了。物灵开始挣扎，不断变换出各种形状，而程星林的钩子始终紧紧地钩住他们的形体，不住地往外拉扯着。

"这个东西的力气可真够大的。"程星林觉得自己的力气都要花光了，可物灵还没有被拉出来。

"那当然了，他一直都在乌烟瘴气的地方生存，物灵赖以生存的东西完全不短缺，力量当然比较大了。"南风晚在一侧给他解答疑惑。

"你倒是动一下，过来帮帮忙啊。"看到南风晚依然晃悠悠地在空中漂浮着，完全没有出手的意思，程星林忍不住吐槽，"有你这么当兄弟的吗！"

"首先，我不是你兄弟。其次，你需要考验，不放手让你去做，你永远都无法提高战斗值。"南风晚说着，转头看了一下窗外，笑眯眯地告诉他："那个叫三刀的家伙往这边来了，你可别被他给抢了！"

这是战友之间的感情吗？站在一旁不帮助不说，还幸灾乐祸，真有跟他绝交的冲动。

人和物灵之间的友情果然十分脆弱。

程星林突然很怀念周满超的真诚，尽管人家的目标是他的妹妹。

程星林化愤怒为力量，再次甩出钩子的另一头，将物灵紧紧扣在桌子上，物灵似乎被打中了要害，瞬间无法动弹。

"哼！"程星林擦了一把汗，随后甩手，在一瞬间将钩子幻化成金剑，趁着物灵没有恢复之际，一剑直接削了下去。那团黑雾在瞬间瘫软了下来，化为一滩污水，消失在空气中。

"啪啪啪!"南风晚象征性地拍了三下手,笑眯眯地说道: "不错嘛,还是有长进的。"

"这全都是我一个人努力的结果,别想着来抢功劳。"程星林将金剑收起来,十分傲娇地警告他。

"你确实辛苦了,所以我决定犒劳你一下,给你看个好玩的。"南风晚的唇角轻轻扬起,看得程星林背后发凉。这家伙完全是一副看好戏的节奏啊,他想干吗? 不会是想要折腾他吧!

正当程星林全身戒备的时候,南风晚却笑眯眯地朝空气中画了个圈,像刚才一样,用力一推,推到了墙壁上,程星林正想走过去从那个地方离开,却被南风晚一把拉住,与此同时,一个身影"扑通"一声,摔了进来。

"不要!"程星林只听到一个凄凉的声音吼出来,紧接着,一声响指,世界恢复了流动。

高富帅正想要对小南妈妈发火,随即看到了那个身影,他想也不想就直接冲了过去,一脚飞踢,直接将那个刚刚站起来的身影打趴下了。

"我……"对方忧伤的话还没有说完,身上又挨了一脚,直接被踹晕了过去!

"保安吗? 我这里有小偷!"小南妈妈迅速拨打电话, "是,人没事,我先生已经把小偷打晕了。是,他一直都是世界上最棒的男人……"

挂了电话,抬头看过去,刚好与高富帅的目光对上。

她的鼻子一酸,转过头去,低声说道: "谢谢你。"

话还没有说完,她的身体就被紧紧抱住,高富帅充满歉意的声音在耳边回荡: "对不起,保护你们是我的责任。"

她愣了一下,惊喜地抬起头。

"我错了,你会原谅我吗?"

Happy Ending 才是俊男美女的标配

"原谅啊！原谅啊！"程星林在一旁紧张地喊着，可惜那两人根本听不见。突然，耳朵一痛，转眼之间，程星林就被南风晚抓出了他们家的客厅。

"喂喂喂！你干什么啊！到了关键时刻啊……"程星林的怒火熊熊燃烧，准备跟他决一死战。

"接下来少儿不宜，你还不躲远点！"

好吧，他承认，自己的确是很想看一些羞羞脸的画面。俊男美女，那画面不要太美，就是一出活生生的偶像剧啊。

程星林转过头正要对他来一段吐槽，随即吓了一跳。

南风晚手上抱着一幅画，用十分困惑的表情看着它。

"你你你……你偷东西。"看清楚这幅画之后，程星林愤怒了，这个分明是挂在高富帅家里客厅的那一幅。

没有想到，他的话还没有说完，南风晚居然直接将那幅画抛到空中，对准它一点，画瞬间燃烧了起来。程星林正要张口骂南风晚暴殄天物，但随即看到的一幕让他闭上了嘴巴。那幅画在燃烧，然而，那火焰居然是黑色的，而灰烬，竟然变成了白色。

诡异！太诡异了！

"送了这么一幅画，他们能撑到现在，感情的确要比想得要深。"南风晚摸着下巴，蹙着眉，"看来，情况比我们想的还要复杂！。"

"复杂？什么情况？"程星林懵懵懂懂地看着消失的白色灰烬，完全不懂他的意思。

"怎么办？你这么菜，会不会被一巴掌拍死？"

程星林实在受不了他用可怜的眼神看着自己，心中的小火焰熊熊燃烧："你太小看我了，我菜还不是因为你。"

"你菜还怪我！"南风晚一脸鄙视，一副"完全是你不争气"的表情。

程星林觉得这个话题很沉重，他赶忙换了另外一个话题。

"你说三刀的下场会是什么样?"

"不知道。"南风晚淡淡地说道，"少了一幅画，问题还蛮严重的，短时间内是不会骚扰咱们的。"

"你是故意的!"这个黑锅，三刀是背定了。

程星林为他默哀，同时觉得，南风晚这家伙的手段可真是够毒辣的。

想想刚才，他肯定看到三刀飞过来了，所以才会画那个圈。

一下想到三刀挨高富帅的那几脚，程星林觉得自己身体的每个部位都在隐隐作痛。

而此时，遥远的小区里，断断续续传来三刀撕心裂肺的喊声。程星林默默地替三刀默哀，最后跟着南风晚一起离开。

第十三章
三刀的悲惨世界

"儿子，起床啦！"

清晨，妈妈的声音从楼下传来，程星林睁开眼睛，看着床头的闹钟。

今天是拿成绩单的日子，想想，突然有点小害怕。

"从前拿成绩单都没见你这么紧张过，这次是在害怕什么？"南风晚双手抱胸，微微眯着眼睛看他。

从前没有这样的紧张感，是因为知道自己考不出什么好成绩，可现在却不同，到底是经过努力奋斗的，如果成绩还是一个样，那可就太忧伤了。

"但你要是迟到了，恐怕除了心灵上的紧张、期待、失望之外，肉体上还要接受疼痛的洗礼。"

他这么一说，程星林立即想起了一件很严重的事情。班主任跑去生孩子了，现在代替她带班的是学校的教导主任，那可是个异常恐怖的存在，落到他手里，绝对讨不了好。思绪想到这里的时候，程星林旋风般地穿好衣服，洗漱完毕就往学校赶。

结果，等他踏入教室，就看到了教导主任那张阴沉沉的脸，手上的戒尺啪啪响，给人一种巨大的心理压力。

程星林低下头默默地敬礼，然后回到自己的位置上，才刚刚坐下，就被周满超戳了几下后背。

"哥们儿，你节哀，并且，做好心理准备。"周满超的口气怎么听怎么不对味儿，完全是一副好戏即将开始的样子。

"哼，你也要节哀，估计你的成绩也好不到哪里去。"

"今天看了你们班的成绩，优秀的学生也有，但是——"教导主任目光冷冷地扫过大家，说道，"拖后腿的同学也很令人失望。竟然有人考出了个位数的成绩，真是太丢脸了。"

教导主任一如做操时那般严厉，口沫横飞地训了一大堆话，学生们尽管昏昏欲睡，却还是做出了一副认真接受教导的样子。

"你没注意到吗？"南风晚的声音突然在耳畔响了起来，程星林正打算搜索他的身影，却听到他说道："别动，我已经钻进你的身体里了。"

什么！他瞪大了眼睛，正要吐槽，就听到南风晚说道："你带上别针，看看教导主任。"

闻言，程星林愣了一下，明白了他的意思，立即按照他说的做，别针一别上，他就看到了南风晚让他看的东西：教导主任不仅头顶上有一团黑烟，就连身体也被淡淡的黑烟笼罩住了。

"这……这……看起来很严重啊。"

"没错，他已经被物灵附身了，而且还是一个很强大的物灵。"南风晚说着，声音里难得露出困惑，"真是奇怪，哪里来的这么强大的物灵，我居然不知道。"

"说起来，教导主任从前也不像现在这个样子的。"程星林依然一副虚心接受师长教导的表情，脑子里却在不停地回忆，"从前的教导主任，虽然也严厉，但不会像现在这样说话刻薄伤人，听学长学姐们说，那会儿他还是很有耐心的。对了，那把戒尺也是最近才出现在他的手上的。"

"果然啊，他是个教导主任，情况有些不妙！"

程星林正想要问他什么不妙，讲台上的声音立即吸引了他的注意力。

"好，下面我们开始发成绩单。"训话结束后，教导主任开始念名字，很明显，是按照成绩从高到低排列。结果，念了一大批，还没有自己的名字，程星林更加紧张了，因为他发现，教导主任越念到后面，脸色就越差劲。

看到周满超从教导主任的手中拿过成绩单，也不过得到一个冰冷的目光，程星林的危机感更重了。

周满超喜滋滋地回到座位，轻轻拍了一下程星林，低声说道："哥们儿，顶住！"

程星林完全不打算搭理他，他向南风晚认真地问道："我觉得我们还是先动手把他身上的物灵消灭了吧！"

在他还没有对自己下手的时候把物灵消灭了，兴许轮到他的时候，教导主任就又变成从前那个样子了。

"动手？"南风晚的声音里明显充满了鄙视，"你现在要是跟他动手，恐怕不是你消灭他，而是他直接把我收了！"

"这么严重？这只比夜一凉还厉害？"想到这个可能，程星林立即端正坐好，生怕被教导主任注意到。

"废话，我现在的力量只有原来的两成，你觉得呢？"

好吧，现在可真的是真正的娇弱少男了！

"不过，我们还是可以试试看，不试试怎么知道不可能呢？人的潜力是无限大的。"程星林努力对南风晚灌鸡汤。

"你以为我被消灭了你也不会有什么损失吗？想想周满超当时被

物灵附身时的情况吧！"

听到这话，程星林的脑子里立即浮现出了当时的画面，隐隐约约似乎是……你朋友也会死……

这个……好吧，小算盘被南风晚发现了，他努力装出一副自己是无辜的样子，端正坐好。

看着又一名学生被教导主任打了一戒尺，程星林的双腿开始颤抖，轮到他的时候，手掌岂不是要被打得稀巴烂。

周满超这眼神是什么意思，搞得好像今天是他的末日一样。

"程星林！"终于，他的名字从教导主任的口中吐出来，而他也看到了教导主任那阴沉沉的目光，以及黄澄澄的戒尺。

然而，该面对的还是要面对，打手心这种事情，就当是一种磨炼吧！

可是，这种磨炼好痛啊！

教导主任看了看他的成绩单，又看了看他，突然冷冷地抛出一串化学式，然后说道："你给我解答一下！"

"啊？哦！"尽管心里万分困惑，但程星林还是拿起粉笔，在黑板上刷刷写了起来。

这个题目之前做过，还好没有完全还给老师，答案应该是这样的吧？不管了，先写完再说。

教导主任看着他的答案，脸上的表情居然缓和了一些，说道："嗯，你的确是努力过的。"说着，把成绩单放到了他的面前。

看着眼前的一串数字，程星林原本阴沉的心瞬间春暖花开。

居然考出了这么好的成绩！

看来，努力还是有成效的！

万幸万幸啊！

爸妈看到他的成绩，一定会非常高兴，今天肯定能吃顿好的。

三刀的悲惨世界

人生还是很美好的，上帝，我就先不去你那边了。

这时，教导主任喊："下一位！"

程星林看着下一位同学拿着粉笔在黑板前发呆，然后被戒尺打得哭爹喊娘的样子，忽然明白教导主任让他做这道题的意思了，就是想要检测他是不是作弊。

教导主任训完了人就离开了，程星林抓起成绩单，直奔向妹妹程晓晓的班级。

程晓晓失踪了，他跟父母说的是去冬令营，但学校这边却没有冬令营，幸好只是领成绩单，拿了就可以走人，至于帮忙领取的理由，生病这个借口简直是万能的。

程晓晓的班主任一听说程晓晓病了，立刻露出了担忧的神色。作为一个品学兼优的学生，有这样的待遇很正常，只是老师的问题也太多了吧，他差点儿就招架不住了。

最后，终于险险过关，拿到了老妹的成绩单。

忽然，他的身后传来了一个声音："你好，请等等……"

"你好！"声音越来越近，紧接着，一个纤长的身影跑到了他的面前，一只手伸长着拦住了他的去路，另一只手撑在大腿上，微微地喘着气，脸上蒙上了一层细细的汗珠，虽然穿着学校那异常朴素的校服，可是，看起来很可爱啊。

程星林回过头看向那个小女生，指着自己，不确定地问道："你是在叫我吗？"

"是……是的，请问您是程星林学长吗？"少女点了点头，白皙的脸颊微微泛红，有点害羞。

"啊，我是，我是呢。"程星林顿时有种受宠若惊的感觉。活了这么多年，第一次有姑娘主动和他搭讪，而且还是这么可爱的姑娘。不会是来告白的吧？第一次遇到人告白，还有点小激动呢！

程星林正想入非非、眼泛桃花，冷不防，面前突然出现了一件叠得整整齐齐的衣服，他困惑地抬起头："这是……"

虽然天气冷，但他觉得还好啊，不需要加一件衣服。说起来，这个姑娘还真的挺贴心的。

不对，难不成是交换定情信物？

正当程星林左摸摸右摸摸准备找东西回礼的时候，少女开口了："程学长，这个是晓晓同学前几天借给我的衣服，今天我洗好了，本来想交给她的，但她没有出现，所以，想麻烦你带回去。"

程星林默默地将张大的嘴巴合上，表情僵硬地说道："好的，学妹。"

说话间，程星林伸出手，正要接过来，没想到少女已经先一步，直接将衣服塞到他的手上，飞快地说道："那么，我先走了。"

看着她纤细的身影飞快消失，程星林还来不及为自己刚才的期待而默哀，就听到南风晚在旁边说："追上去！"

"什么？"尽管程星林完全不明白他的意思，但身体已经行动了起来，顺着少女消失的方向追了过去。

"到底什么情况？"

"你没有看到她的头上有一团黑雾吗？"南风晚坐在他的肩膀上，头发随风扬起，看起来十分舒服。与此形成强烈对比的，是程星林毫无形象、几乎是连滚带爬地往前冲，他甚至不打算抬头看南风晚，只在心里头默默得祈祷一句：摔不死你！

一来一往之间，程星林已经看到了少女的身影，不过，除了少女，还有好几个女孩子。

"把别针戴起来！"

程星林连忙照做，别针一别上，眼前的画面就立刻变了样。

每个女孩子的头顶都有一团黑烟，只不过还没有进入太危险的阶

三刀的悲惨世界

段，最为浓郁的却是晓晓的同学。

饶是如此，程星林还是忍不住惊愕："怎么这么多？这些女孩子……"

"怎么说呢，这些问题少女都是因为各种原因而变成现在这个样子，所幸目前都还可以挽回，但你妹妹的那个同学……可真是有点棘手。"

两个人这边交流着，那边的女孩子们也没有闲着。

少女被两个胖乎乎的女孩子按在墙上，眼里闪过一丝惊恐，表情却是强忍的镇定。

除了那两个女孩子，旁边还围着四五个女生，其中一个身材高挑的女孩子头发染成了花花绿绿的颜色，站在高台上，居高临下地看着少女，冷冷地说道："苏明欣，你是要给钱，还是接受惩罚？"

"我说过了，我没钱。"少女原来叫苏明欣，听到这样的威胁，她的脸上依然十分冷漠，"欧阳兰，你最好不要动我一根头发，否则的话……"

"否则的话，你那个警察爸爸就会出来帮你收拾我们吗？"欧阳兰说完，旁边的几个女孩子全都哈哈大笑起来。

一个瘦小的女生走过来，对着苏明欣直接就是一巴掌，恶狠狠地说道："哼，你爸爸就是个废物，警察又怎么样，警察里的废物，就是纸老虎。"

程星林再也看不下去了，正要冲过去阻止，南风晚却淡淡地说道："再看一下！"

程星林不可置信地看着南风晚，这家伙到底懂不懂什么叫怜香惜玉？看看小姑娘的脸蛋儿，都被打肿了。

南风晚指了指前方，低声说道："物灵的力量正在增强，你现在过去，未必有好果子吃。"

"可是也不能让……"

"嘘!"南风晚转头，竖起食指放到唇边，低声说道，"很快!"

那一边，瘦女生的那一句话彻底将苏明欣激怒了，原本冷漠的小脸瞬间涨红，发了疯似的挣扎，同时口中大吼道："我爸爸不是废物!"

"哈哈哈，你问问他们是不是!"欧阳兰看到苏明欣被激怒，笑得更开心了，"大废物生的小废物，你看你现在，不也是一只废物吗!"

"欧阳兰，你别得意，我一定会……"

"啪!"她的话还没有说完，欧阳兰的一巴掌就扇了过来，苏明欣的另一边脸也跟着肿了起来，巴掌印清晰而可怕。

这一下，程星林彻底坐不住了，他直接冲了出来，喝道："别打啦!"

欧阳兰本来被这声音吓了一跳，等看清楚程星林一副瘦巴巴的样子，短暂的惊慌就消失得无影无踪了。她冷冷说道："我以为是谁呢，原来是骑士来救公主了。"

"学长!"苏明欣看到程星林，也十分吃惊，"你不是……"

"放开，不准你们欺负人!"程星林一面说着，一面走到苏明欣旁边，摆出一副英雄的模样，想将那两个胖女孩的手从苏明欣的身上拿开，谁知道，胖女孩的手像黏在苏明欣的手臂上一样，根本掰不开。

一阵秋风吹过，叶片纷纷落下，这个场面，好尴尬。

"没这个能力，还想英雄救美?"欧阳兰的声音里满是嘲讽，丝毫不隐藏脸上的不屑。

"大家有事儿好好说，何必动手动脚的，她要是受伤了，对你们来说也不是一件好事儿嘛!"程星林干笑一声，在心里朝着南风晚怒吼："快想想办法。"

"我刚才说过了，现在的情况不适合出现，你不听，总得受点教训啊!"南风晚不知道何时已经搬出了椅子，端着茶杯坐在那慢悠悠地喝茶，完全是一副看好戏的姿态。

关键时刻果然不靠谱，完全不能跟物灵做朋友！程星林在心里怒吼，脸上却露出笑容，说道："说实在的，我并不是不想动手，只是怕动手了，会伤害到你们。"

欧阳兰鄙视地将他上上下下扫了一眼："这位学长，想逞英雄也要先掂量一下自己的能力，就你这小身板儿……"

"学长，这件事和你没有关系，你还是先离开吧，他们会伤害到你的。"苏明欣大声喊道，生怕欧阳兰真对程星林动手。

"学妹，你这么一说，"程星林严肃地说道，"我就更不能丢下你不管了！"

"不知道这位学长打算用什么办法将你的小学妹救出来呢？"一道声音从半空中落下，紧接着，一个身影出现在了正中央。

众人下意识看了过去，随即——

"哈哈哈！"

"哈哈哈，老大，又来了一名伤员！"瘦女孩指着空降的那位，笑得上气不接下气。

"苏明欣，你的备胎可真多，可惜质量都是……"欧阳兰撇了撇嘴，脸上是毫不掩饰的嘲讽。

刚刚落下的那名伤员，头上包了一圈厚厚的纱布，完全看不出本来的面目，一只手还挂在脖子上，完全像是从医院里偷偷溜出来的病号。听到欧阳兰的嘲讽，对方明显十分不高兴："小姑娘，你年纪轻轻的，说话可真是不客气。"

这家伙一开口，程星林就认出来了。

三刀兄弟，好久不见啊！

没想到你居然还活着！

三刀的脸虽然被厚厚的纱布包得结结实实，眼睛却还算灵敏，他口齿不清地说完那句话，立即察觉到在场的除了这几名少女，还有别人。当三刀看清楚对方的脸之后，一股仇恨的怒火瞬间在他的眼睛里燃烧了起来。

"是你！"

程星林点头："是我。"

"那天晚上，就是你害得我变成现在这个样子。"三刀这句话就像从牙缝里挤出去的一样，"你小子，我不会放过你的。"

"喂喂喂，这件事和我完全没有关系。"程星林举着双手，立即喊冤，"还不是……"

"管你是不是，反正这个梁子，我们算结下了！"三刀完全不打算听他的狡辩。想想那天晚上所受到的虐待，他到现在还不能释怀，更何况，身上这一层又一层的纱布也在不断地提醒他。

当时他还觉得奇怪，自己明明已经隐身了，为什么那些保安和屋主人还能看见自己。今天看到程星林身边的那只物灵，他就知道了，必然是那家伙在搞鬼。最为可恶的是，他们居然偷走了屋主人的一幅画，害的他被关进了警察局，一直到在他身上搜不出任何东西，才将他放出来。

这件事，他是绝对绝对不会忘记的，对眼前这两个家伙，更是绝对绝对不能原谅。

程星林摸了摸鼻子，指了指身后，对三刀说："这个……其实是一场误会，误会。"

"不要推卸责任，他是你的物灵，都听你的！"三刀完全不想听他的解释，挥起拐杖，一副气势磅礴的模样说道，"来，决一死战吧！"

这两个人正在纠缠着陈年旧事，旁边的欧阳兰可不愿意再被忽视了。她拿起一根棍子，一把打开三刀的拐棍，恶狠狠地说道："你们两个还有完没完！是不是想让我把你们一起收拾了！"

三刀的悲惨世界

"你要收拾我，还未必有这样的本事。"三刀这个人是最接受不了挑战的，更何况，欧阳兰刚刚居然当着这么多姑娘的面将他的拐杖打开，是可忍孰不可忍。

他转过头朝程星林丢了一句："我先把这群小女生教训好了，再和你算账。"可是他的话还没有说完，就被欧阳兰一棍子打到了脑袋上！

"你惹怒我了。你们的三刀哥哥今天就代替你们爸妈好好教训你们一顿！"三刀说完，突然间甩开了拐棍，从背后一捞，捞出一根棍子，朝着欧阳兰直直地攻了过去。欧阳兰挡了又挡，终究还是没有挡住三刀的公式，脑袋被敲了好几下，这让她瞬间收起了藐视的眼神。当着自己手下的面被人一通打，这脸面可绝对是过不去了，于是，她迅速调整好姿势，再度朝三刀进攻。然而，才出手，双腿就被三刀连连击中，痛得跪了下来。

身侧的手下见老大被打，纷纷操棍子的操棍子，拿板砖的拿板砖，最后拿不到武器的，直接将三刀刚才丢掉的拐棍拿起来当武器，也不分先后，一窝蜂全部冲了过来，将三刀团团围住，没有任何迟疑地攻了过去。

程星林在一旁看着，可是捏了一把冷汗，不是为三刀，而是为这几个小女生。三刀那架势完全就是习惯打群架的人，姑娘们只顾着扔东西，完全是要被碾压的节奏啊。

果然，就如程星林猜测的那样，不过是一瞬间的工夫，三刀直接将她们教训了一顿，脸上、腿上、肚子上，甚至还有胸口！在这里，程星林不得不鄙视三刀一下，这样对女孩子，实在是太猥琐了。

正当他还想继续看好戏的时候，突然间听到南风晚在身侧低声说道："戴上戒指！"

啊？他还来不及出声，就听到"啪"的一生，四周的一切都静止了，戒指也套在了他的手上。

一股气流随着戒指从手指涌入，直冲到心脏，跟着血液分散到四肢五骸，不过弹指的工夫，程星林的全身都变了模样。

"怎么回事？不是说我打不过吗？"想到刚才欧阳兰他们被三刀教训的场面，程星林觉得现在的自己恐怕会换一种局面。

"趁着这个机会，好好收拾他们。"南风晚根本没有出手的打算，他直接坐在三刀的脑袋上。

"无耻！无耻！"三刀挣扎着，想要冲出去，可每动一下，身体里就会有一股电流流窜，痛得他叫苦不迭，紫色的电流随着他的动作，逐渐蔓延到四肢。

三刀强忍着痛苦，朝南风晚恶狠狠地说道："无耻，我就快打败他们了，你们这是趁机捡便宜。"

"没办法，你不动手，那些物灵过于强大，程星林恐怕收服不了他们。"南风晚完全没有否认，甚至还大方承认了。

少爷，您可真是无耻。

程星林对着南风晚竖了竖拇指，随即张开手掌，这一次，他学乖了，先用钩子。

看着手中金光四射的钩子，三刀忍不住大笑起来："他就这点力量，还想收服那些物灵！一只都没办法，还是一群，喂，你这不是让他去送死吗！"

"送死？"程星林原本还一副信心十足的样子，但三刀的话却令他的心头一跳。他下意识地看向南风晚，只听他说道："放心，你不会死的，只管去战斗！"

不知道为什么，程星林听到这句话之后，顿时觉得信心十足，随即转身，挥起钩子，先朝那个瘦女生下手，这一群人里，就她头上的黑雾最淡。

三刀的悲惨世界

钩子钩住了物灵的一角，物灵似乎感觉到了杀气，立即扭动起来，试图摆脱钩子的束缚，同时不停地缩小自己的身体，努力往瘦女孩的身体里钻。

程星林也不紧张，迅速将钩子的另一头抛出去，直接将物灵的另一端钉在距离最近的墙壁上，雪白的墙壁上顿时出现了一个黑色的影子，那影子在不停地挣扎着，然而，还有一大部分的黑烟留在瘦女孩的身体里。

"还不受死！"程星林冷哼一声，手中的钩子猛然往回一缩，剩余的黑烟就跟着被抽了出来，等到最后一丝黑雾抽离，程星林的钩子立即变成了金剑，一剑将黑烟劈开。一瞬间，黑烟化成了一滩污水，很快就消失了。

程星林的眼角不经意间扫过三刀，看到他目瞪口呆的样子，心里不禁有些得意，是不是没有见过这么帅的过程？

三刀吞了吞口水，终于出声了："他这么弄下去，今天咱们别吃饭了，都饿着吧！"

什么？

"他的力量这么菜，难怪你只能想办法捡便宜。"三刀用怜悯的眼神看了看南风晚，又看了看程星林，摇了摇头。随着他的动作，紫色的电流瞬间冲到了脖子上，对三刀又是一番折磨。

"你继续。"南风晚朝程星林点了点头，表情十分淡定。

三刀见嘲笑没有效用，立即更换策略："放我出去吧，让我来收拾这些东西，短短三分钟，物灵去无踪！"

南风晚眼尾扫过他，随手拍了拍他的脑袋，三刀只觉得脑袋一僵，再张口，舌头顿时冒出紫色的电流："呜呜呜……"

"一个人在做事情的时候，有别人在旁边说话，其实是很烦人的。"南风晚露出绅士般迷人的笑容，轻轻地拍了拍他的脑袋，说道，

"所以，只有请你先闭嘴了！"

说完这句话，南风晚就不再去理会这个连张嘴都没有办法的家伙，抬起头再度朝程星林看过去。

就在他刚才和三刀说话的空隙，程星林已经收拾好了三个人，正准备对欧阳兰下手。比起其他人，欧阳兰身上的黑雾明显要浓郁许多。就在程星林刚刚丢出钩子的时候，那团黑雾居然变身成为一个人形，轻巧地躲过了程星林的攻击。

"该死的，居然被躲过去了！"程星林皱起眉，加快了力度和速度，再度朝欧阳兰身上的物灵攻过去，一团金色的光芒在半空中划出了一道优美的弧线，一瞬间扣住了那只物灵。他正准备松一口气，没想到的是，物灵的身体在钩子穿过的同时，居然直接分成了两半，轻轻松松越过程星林的钩子，迅速变回了原来的样子。

这是什么情况？程星林的手一缩，默默看着自己的钩子又从物灵的身体穿过，重新回到手中！

"哈哈哈……嗷嗷嗷……"一阵笑声夹杂着痛苦的吼声从背后传来，听起来十分诡异。

程星林有些恼怒地转过头："少爷，能不能让那家伙闭嘴，太影响我的发挥了！"

南风晚竖起了三根指头，顺手对着三刀的脑袋用力一拍，三刀惊吼一声，身体就此凝固，只剩下眼睛滴溜溜乱转，身体完全被定住了。

"这只物灵的力量比你强大。"南风晚嘴上这么说，但表情完全不担心，手微微一抖，原本已经空了的茶杯又重新冒出了白雾。

"那怎么办？"程星林看着自己的钩子，有些气馁。这几天除物灵太顺利，能清楚地感觉到自己的进步，这让他有些飘飘然了，现在遇到一个自己收服不了的，自然有些受打击。

三刀的悲惨世界

就在这一瞬间，那只物灵突然冲了过来，原本的人类身形居然幻化成了一个巨大的锤子，朝程星林重重地压过来。就在物灵靠近的瞬间，程星林的身体本能地往左边一闪，迅速避开了物灵的攻击。

物灵并没有停止，飞快地旋转着锤子，再次朝程星林攻击。身后是一堵墙，程星林避无可避，只好直接抬起手去挡。

妈妈呀，现在要是有一把伞就好了！

思绪流转之间，手中的钩子突然发出耀眼的光芒，在一瞬间变成了一把巨大的伞，在物灵袭击的弹指间将之挡住。

物灵来不及收住自己的冲力，直接被程星林的大伞打碎，一时之间居然无法聚拢。

程星林怔怔地看着手中的大伞，脑子里突然闪出了一个念头：他记得上一次，南风晚在攻击夜一凉的时候……

"小心！"程星林只来得及想到一半，就听到南风晚在一侧大喊，他下意识地抬起头，看到物灵已经重新聚拢成一把长剑，直直地刺向他的身体。

这一刻，程星林并没有躲避，唇角露出了一抹得意的微笑，大吼道："球！"

随着他的声音响起，手中的大伞飞速聚拢起来，只在那一瞬间，直接将那团黑雾凝聚成的长剑困住了。

那长剑在球里头横冲直撞，但根本就没有办法逃出来。伴随着它的冲击，幻化而成的球一面缩小，一面发出闪亮的光芒，最终，长剑被折断，揉成了一团，重新变成了黑色的烟雾。

随着黑雾的缩小，程星林的眼里露出了满意的色彩。就在他的手触碰到球的一瞬间，球变成了一柄短剑，程星林想也不想，直接抬手，朝着来不及散开的黑雾刺了下去。碎片般的光芒散去，物灵化作了一滩污水，随即消失不见。

"这家伙，真是没有想到。"南风晚端着杯子，语气中满是惊叹，眼里也露出了满意的神色。

"真是挺麻烦的。"程星林擦了擦额头上的汗，微微喘着气，朝南风晚看过来，问他："怎么样？"

"不错，你居然已经有了初步控制结界的能力。"南风晚满意地点头，对于如此大的进步，他丝毫不吝啬自己的夸奖。

程星林却有些惊讶："结界？我什么时候能做出结界了？"

南风晚无语地看了他一下，问道："刚才困住物灵的，不就是结界吗？"

"你说那个球啊！"他这才反应过来，奇怪地说道："我还以为只是一个武器呢！"

"也算是武器的一种，但你居然能想到将钩子幻化成球，倒是挺让人意外的。"

"我当时发现虽然我没有办法伤害到那只物灵，但我的武器去攻击它的时候，它会避开，又想到你和夜一凉战斗的时候，用结界困住了他，隔绝了他的污染源，让他的力量削弱。刚才无意间将钩子变成伞的时候我就想，我是不是也能将手中的武器幻化成各种样子，其实也是抱着试一试的想法，没有想到，效果超级好。"

"看来，你的武力值又上升到了一个新台阶。"南风晚听完这些话，已然明白了程星林的意思。学会使用结界对于一个噬灵师来说，是一个非常重要的进程。能够将武器幻化成结界，有了结界的帮助，后面的战斗会省力不少。

"那是当然了，看来我虽然不是读书的料，却有当人类救世主的本领，爸爸妈妈再也不用担心我饿死啦。"

南风晚平静地回答："噬灵师这个职业没办法赚钱养家。"

一阵秋风扫过，树叶为他唱着哀歌。

三刀的悲惨世界

他刚刚还沉浸在成为CEO，赢取白富美，走上人生巅峰的美梦之中，南风晚却迫不及待地将他的美梦打碎了。

"你太残忍了！"他愤怒地指责南风晚的没有人性。

"还有一只呢！"南风晚的手指往他的身后指了指。

程星林有些莫名其妙，一、二、三、四、五，不是五个女孩子吗？虽然心中奇怪，但他还是转过头看了过去，随即一愣："她……她怎么也被物灵……"

目光所到之处，是苏明欣的身影，在她的头上盘旋着一团类似人脸的巨型物灵，很明显，比起欧阳兰，她的这一只力量更加可怕。

程星林一瞬间坐在地上，抖着双唇，结结巴巴地问南风晚："这……这个……可以不可以……你来动手……"换他过去，恐怕就是被一口吞的命。

"这一只嘛，"南风晚摸着下巴，仔细端详着那只物灵。片刻之后，他朝程星林说道："你去看一下，看看她到底遇到了什么。"

"别让我靠近好吗！我还不想死呢！"程星林对着他一阵乱吼。

南风晚目光一凛，挑着眉看他。

慑于南风晚的威力，虽然很生气，但程星林还是尽量保持微笑，据说很多人都是吃软不吃硬的，顺便声音也要改变一下，他细声细气道："少爷，臣妾做不到……"

如此小意的讨好依然没有融化南风晚那颗冰冷的心，他顺手一抬，一只带着巨大光芒的手掌直接在程星林的身后一拍："赶紧去！"

"不要啊！"根本来不及抗议，程星林的身体一瞬间飞了过去，一个踉跄，直接抓住了苏明欣的手。

她头顶上的物灵毫不客气地朝着程星林张大嘴巴，对，没错，那只物灵是一张人脸，对准程星林的脑袋一口咬了下去。

"砰！"程星林迅速幻化出一把大伞，将物灵挡住，另一面握紧苏明欣的手，瞬间进入到她的记忆中去。

铺天盖地的黑暗袭来，紧接着，画面缓缓浮现。

客厅的大门被打开，一个人影出现。

"爸爸!"苏明欣听到了响声，拿着一个礼物盒子冲了过去，开心地叫道，"爸爸，生日快乐!"

门口的那个人愣了一下，表情十分冷漠，只是平静地点了点头，却看都不看她的礼物，换了鞋子，就往房间里走去。

"爸爸!"苏明欣在身后大声叫到，"我给你准备了礼物，你为什么……为什么……"

人影站住了，转过身冷冷地说道："以后不要浪费钱了，你完全不懂赚钱有多么困难。"

"我……"苏明欣还想要说话，可那扇门"砰"的一声，直接就将她的声音隔绝了。

苏明欣看着手中的礼物，眼里是满满的失望，她的身体僵在原处，最后，将手里的东西愤怒地朝地上一砸。就在那一瞬间，物灵冲破了保护层，钻进了她的身体。

……

程星林努力抵挡着物灵的攻击，一等画面消失，立即往后一跳，跟苏明欣身上的物灵保持一定的距离。

"你有没有觉得很奇怪?"南风晚看着张牙舞爪的物灵，突然问道。

眼看着物灵又朝自己冲过来，程星林想死的心都有了，他完全收起了刚才的态度，生气地大吼："奇怪什么!你赶紧想办法啊，这家伙盯上我了!"

"盯上你了?"南风晚听到这句话，眼里露出了诡异的神色，随即笑了起来，"你们还真有缘。"

"这等孽缘，我送给你好不好。"程星林说话间，已经被物灵实打

三刀的悲惨世界

实地撞了一下，手臂隐隐发麻，看到南风晚还在那边想东想西，他气得直跳脚，大骂道："你是不是想看着我被物灵弄死啊！"

"不会，立刻还你自由！"南风晚飘到半空，随手一个响指，黑暗散尽，眼前的画面瞬间明亮了起来。

"嗷嗷嗷……"就在这一瞬间，一根棍子也直接朝程星林的肩膀打了过去，痛得他嗷嗷大叫。

"学长……"苏明欣见到程星林大吃一惊，同时也困惑万分。自己抓了棍子，就想去帮那个纱布人，面前明明没有人，学长不是一直在围观吗？这是从哪里冒出来的？

"我……"程星林只能在心里大骂南风晚。

另一面，被南风晚定住身形的三刀也随着这个响指解开了束缚，只是，他正趴在地上，脑袋往上扬起，张大了嘴巴，明显还没有从定身中恢复过来。

欧阳兰愣愣地看着三刀，随即发现自己手上拿着棍子，心里一惊，棍子也跟着掉了下来，不偏不倚，直接砸在了他的脑袋上。

三刀倒吸一口气，终于反应过来，腾地从地上跳起来，摆出架势，警惕地盯着欧阳兰。

欧阳兰的眉头一皱，看了看他，又看了看四周，突然站直身体，拍了拍手上的灰尘，说道："突然觉得很没意思。"

"老大……"几个小女生听到这句话，同时走到她的身边。

"咱们还是别动那个残疾人了，万一不小心打到要害，把他打死了，咱们的未来也就完了。"欧阳兰说着，一脸嫌弃地看着摸着头在地上哼哼的三刀。

三刀在心里怒吼，早就已经伤到了，那棍子可是直奔着他的脑袋来的！

不过，生怕再被波及，三刀悄悄地挪了挪位置。

"好像是没什么意思。"一名胖女生点了点头，丢掉了手中的板砖。

"砰！"

一个痛苦的声音传来，刚刚挪开位置的三刀再度中招。

"砰！"另一根棍子也跟着砸了过来。

"呜……"三刀的大腿中招，痛不欲生，完全挪不动身体。

瘦女生完全不知道身边有人，走到欧阳兰的身边，讨好地问她："要不我们去看电影吧？我爸爸今天给了我好几张票。"

"好耶好耶！"另一个胖女生迫不及待地将拐棍丢到一边，跟着拍手道，"是不是《疯狂动物园》？"

"是啊！"

"老大……"剩下的一名女生也跟着丢下了板砖，冒着星星眼，看向欧阳兰。

"既然如此，"欧阳兰考虑一下，随即点头，"行吧！"

几个小女生欢呼雀跃，簇拥着欧阳兰离开。临走之前，欧阳兰转过头看向苏明欣，冷冷说道："以后看到我要绕路。"

看着他们的身影消失，程星林在心里发出疑问，不是已经将她身体里的物灵连根拔除了吗，为什么她还是这样的态度？

"有的人性格如此，你没看到她的眼睛里已经没有杀意了吗？"说话间，南风晚的唇角微微上扬。

这才是女孩子应该有的样子嘛。

"学长，你没事吧？"苏明欣完全无视欧阳兰的离去，关注力都放在程星林身上。

程星林低头看了看自己，微笑着摇了摇头，随后指着趴在地上的纱布人笑眯眯地说道："他的情况貌似很严重！"

苏明欣顺着他指的方向看过去，那个奇怪的纱布人立即摇摇晃晃地站了起来，严肃地说道："谁说我严重了，作为一个噬灵师，这种小伤完全不算什么，你看，我还能跳……"他说着，居然真的跳了起来，以事实证明……"砰！"好不容易才站起来的纱布人再度和大地来了一个亲密接触。

他愤怒地转过头，终于看清了绊倒他的东西，瞬间小宇宙爆炸："谁啊，把板砖丢在这里？"

"那个……兄弟……你没事吧？"程星林试探地往前靠了靠，生怕他的怒火波及到自己。

"我……我当然……我的脚崴了！"前一刻还气势汹汹，后一刻，眼泪便哗啦啦地流了下来。

苏明欣走过去，直接抓起三刀的脚，捏了一下，三刀顿时嗷嗷直叫。在三刀的鬼哭狼嚎中，苏明欣转过头低声朝程星林说道："学长，他是你朋友吗？"

"他？"程星林看了纱布人一眼，有些犹豫，就听到苏明欣接着说道："他好像骨头错位了，如果是你朋友的话，我想请你背他一段路，前面是我家，我给他把骨头接上。"

程星林看了看三刀的身板儿，犹豫着要不要告诉她自己跟这个家伙并不熟。然而，看到三刀身上那一圈又一圈纱布，程星林最终还是点头说道："好的，辛苦你了，学妹！"

第十四章
初次合作

"啊啊啊……"三刀的惨叫声透过苏家的玻璃窗，直冲天际。

"这位先生，已经没事了。"苏明欣看着他持续性的嚎叫，有些尴尬地将他的脚放下来。

"嗷？啊？"三刀嚎到了一半，愣了一下，捏捏自己的脚，顿时一把抱住苏明欣，痛哭流涕地表示："多谢姑娘的救命之恩，如不嫌弃，在下愿意以身相许。"

"……"

"……"

这个家伙是在趁机吃豆腐呢！程星林的额头爬满了黑线，一把将他从十分尴尬的苏明欣身上拽开，有意无意地拍着他的伤口，笑眯眯地说道："你可以给她做牛做马。"

"不要，还是以身相许吧，我不会学马叫。"三刀甩开他的手，转身正要继续抱住苏明欣，没想到一下子扑了个空，脑袋直接跟墙壁来了个亲密接触，痛得他嗷嗷叫。

"学长，我去给你们倒茶。"苏明欣早就站到了一边，丢下一句话，自己就跑到厨房去了。

初次合作

"你小子，再敢趁机占便宜，我立马把你丢下楼去。"程星林低声威胁道。

三刀想了想苏明欣这处于二十层高楼的家，感觉不害怕，再想一想自己现在的状况，抖了抖，干笑着说道："不要这样嘛!"

程星林鄙视地扫了他一眼，站起身，瞬间感觉自己充满了正义感。

"也不看看自己是什么样。"南风晚的声音缓缓从天际飘了过来。

程星林愤怒地转过头，盯着这个总是拆自己台的家伙。

"自己的下巴都没有擦干净，竟然还有脸说别人。"三刀竖着手指对他点啊点。

程星林一言不发地走到他面前，张开手，一抓，掰断。

"咔擦!"三刀愣愣地看着自己的手指，短暂的沉默之后……

"嗷嗷嗷……"杀猪般的声音响彻云霄。

……

"学长，他怎么又受伤了?"苏明欣一面替三刀包扎，一面困惑地问道。

"那个……其实，之前已经受伤了，只是刚刚才发现。"程星林干笑着解释，一面朝三刀瞪了一眼，威胁他不要乱说话。

三刀咬着小手帕，一滴泪水在他的脸上慢慢滑落。

"哎呀，家里没有冰块了!"苏明欣帮三刀包扎好，猛然间想起这件重要的事情，"要用冰块消肿，我去隔壁阿姨家借一点。"说着，她便急匆匆出了门。

"真是个能干的小姑娘。"南风晚看着她的背影满意地点了点头。

"你不会是看上她了吧? 你可是物灵啊!"三刀丢开小手帕，对于南风晚的态度十分警惕。

南风晚冷哼一声，懒得理他，飘到窗外自顾自地喝茶。

"说起来，为什么你能看得到少爷?"程星林看了看南风晚，又看了看使劲瞪着他的三刀。

"废话，因为我是噬灵师！"

"噬灵师也是人类吧？"

"应该算是具备特殊体质的人类，能够自由穿梭在人类和物灵之间。"说到这个，三刀就觉得非常骄傲。

南风晚的声音从天边飘了过来："你的介质是你手上的链子吧。"

"……"三刀尴尬地转过头，当场被人抓包的感觉真不爽。

程星林再次担起了化解尴尬的任务，指着照片墙上的照片说道："这个家庭好像只有父女两人。"

"从她的记忆里就能看出来，而且，你当时没有看出什么奇怪的地方吗？"三刀低声问道。

"奇怪的地方？"程星林使劲回忆了一下，茫然地摇了摇头。

"附身在她身上的物灵是一张脸。"三刀指了指墙壁上的照片，说道，"不是这个男人的脸吗？"

"这样说来，她的原因果然出在她父亲身上。"程星林想了一下，朝南风晚问道："少爷，你从她的记忆里有看到她父亲被物灵附身吗？"

南风晚点了点头："而且，比她的还要厉害。"

程星林一想到自己和苏明欣的物灵交手时的情景，心里就一阵发毛。女儿都那么厉害了，当爹的，岂不是更加可怕？

"虽然这对父女身上的物灵很强大，可对你三刀哥哥来说，完全不算什么。"三刀挥着唯一没有受伤的手，炫耀道，"这种段位的物灵还不是我的对手，那会儿如果不是你困住我，我早就下手了。"

程星林嘲笑道："就你？少吹牛，一翅膀就被人拍走的家伙。"

"这小子倒是说了个事实，目前的情况下，他比你强。"作为朋友，南风晚在背后插了他一刀。

"哼哼！"三刀骄傲地扬起小下巴。

程星林十分不服："虽然比我强，但他也有不如我的地方，比如我随时可以幻化出武器！"

"他也可以做到。"作为朋友，南风晚又往程星林的背后补了一刀。

和物灵完全不能做朋友啊，程星林心里有点小忧伤。

"但是，如果三刀单独对付父女俩身上的物灵，恐怕也打不过。"

闻言，程星林心里终于舒坦了一些。

三刀十分不满意南风晚的评语："那有什么，我可以先打一个，再打另一个。"

"这对父女身上的物灵其实是一体的，如果不先将父亲身上的物灵消灭掉，女儿身上的根本就无法消除，就算被你们打败了，依然会复活，之前所有的辛苦和努力都会白费。"

"这么严重？"三刀瞪大眼，完全没有想到。

"最重要的一点是，物灵太强大，如果现在就动手，很容易会伤害到他们本尊。"南风晚摸着下巴一边想，一边说，"如果我没有受伤的话，这一切都不是问题，现在的情况，就有些棘手了。"

片刻之后，南风晚突然将目光转移，先从程星林的身上落到了三刀的身上，又从三刀的身上落到了程星林的身上，平静地问道："或许，你们两个人联手可以打败他们。"

"联手？"

"和他？"

看到三刀一脸嫌弃的表情，程星林顿时炸毛了："你这是什么眼神？！"

"你太弱了，肯定会拖我后腿！"三刀完全不掩饰自己的态度。

"你敢说我弱？刚才是谁趴在我身上哼哼唧唧一路过来的？"程星林认为自己被羞辱了，奋力反驳。

"……"尽管这是事实，但三刀还是很不满："我变成这个样子，不知道是谁害的！"

南风晚在程星林要开口反驳的瞬间打断："就算你们联手了，也未必能打败他们，需要天时地利人和。如果可以将父女俩带到一个环境十分好的地方，也许还有胜算。"

程星林想了想，说道："本市环境最好的地方，应该是北郊的森林。"

"可要将这对父女引过去，恐怕并不容易。"三刀一听南风晚说完，就觉得不可能："但是，如果不让他们过去，物灵就会越来越强大，到时候就危险了。"

"更何况，我和她还没熟到这个地步。"程星林苦恼道，"就是能约到学妹，她父亲也未必可以约到。"

"我可以做到。"一道清脆的声音从门口传来，三人看过去，顿时觉得背后发凉。不知道何时，苏明欣已经站在了门口，明显是将他们所说的话听得一清二楚。

"学、学妹……"程星林的心头一惊，暗叫糟糕，但想一想，又觉得不对，她刚才那句话是接着他说的吗？

"学长，你说我和我爸爸都被一种叫什么灵的附身了是吗？"苏明欣走上前，亮晶晶的眼睛紧盯着程星林，"这样说来，我最近的变化，还有我爸爸那边，都是因为你们说的那种东西引起的吗？只要将我爸爸带到北郊的森林，你们就有办法将那些东西从我们身上赶走，是不是？如果那些东西没了，我们是不是就可以恢复从前的生活了？"

面对苏明欣的一连串询问，程星林觉得回答得有些困难，转过头求救地看着三刀。三刀轻轻咳了两声，说道："其实，我们也不知道胜算有多大，但你们身上的物灵很强大，如果不尽快将他们从你们身上赶走，最后，你们会被他们吞噬，失去自己的灵魂。"

"好，我明白了！"苏明欣点了点头，"我爸爸现在每天都很忙，但

我会想办法让他跟我去一趟北郊的森林，剩下的，就请你们帮忙了。"

"那个……"三刀还在犹豫，苏明欣接着说道："就算没有办法打败也没关系，我们总算试过了，我依然感谢你们！"

"什么叫办不到！"听到这句话，三刀直接拍桌子，然后："嗷嗷嗷……疼疼疼……"

苏明欣连忙上前查看，确定没有问题之后，将冰块敷在他的手指上。这时，纱布人三刀严肃而认真地表示："总之，你不用担心，我们一定会打败物灵的，一切就包在我身上了."

"谢谢你，三刀哥哥！"苏明欣感激地说道。这一声软糯的呼唤叫得三刀再也找不着北了。

"真是没想到，学妹听了物灵的事情，居然没有怀疑，还那么平静地就接受了这种诡异的信息。"走在回家的路上，程星林想着当时她破门而入的情形，就觉得不可思议。

"可能是因为被物灵附身的人，潜意识里都已经相信了他的存在吧。"这一点，南风晚其实也拿捏不准。

"不论如何，我们一定要将物灵从他们身上赶走。"另一个声音从他们中间传来，拄着拐棍的三刀努力跟上他们的脚步，看起来十分凄凉。

程星林抬起双手放到后脑勺，斜睨了他一眼，闲闲地说道："我们？刚才某人可是不打算跟我合作的。"

"那是你学妹，怎么能见死不救呢！"这一刻，三刀已经变成了正义的化身，"正所谓，救人一命，胜造七级浮屠。"

"呵呵！"程星林和南风晚同时表达自己的鄙视。

"你们实在是太不够义气了。"

"谁跟你讲义气，你又不是我朋友！"程星林完全不忘记吐槽，"说起来，你为什么跟在我身后？"

"今晚到你家借宿一宿，明天还要去苏妹妹家陪她去警察局呢！"

"什么？你别进去，我老妈一定会以为你是被我打伤的！"

"这倒是一个很好的理由，好了，我已经知道了！"

"你胡说什么！"

……

"你说什么？我爸爸已经不在警察局工作了？"

一大早，苏明欣就带着程星林和三刀来到警察局，原本打算直接帮爸爸请一天假，然后带他去北郊的森林，却没有想到，一过来居然扑了个空。

"叔叔，您没有看错吗？是这个名字，苏正元。"不愿意相信事实的苏明欣再度追问。

但答案并没有改变："是的，他曾经在这里工作过，不过十年前他已经被开除了。"

这个消息对苏明欣来说，无异于是一个巨大的打击。

她一直以为自己的父亲是一名人民警察，肩负着神圣的使命，所以，就算是在被人欺负的时候，她依然相信这个世界有正义的存在，因为她的爸爸就是这样的人。可她万万没有想到，这一切只是她的自以为是，她的爸爸早在十年前就已经不在这里工作了。

苏明欣一时之间无法接受这个事实，看着她一副摇摇欲坠的模样，程星林连忙上前扶住。

"谢谢你，学长。"她转过头，勉强露出笑容。任何人看到她苍白的小脸，都会很清楚她现在的情况有多糟糕。

"先休息一下。"程星林将苏明欣扶到一侧的长椅上坐下。

"真是没有想到。"苏明欣喃喃自语，又像是在对他说话，"从我记事开始，我爸爸就已经是个警察了。"

程星林看着她脸，没有出声，只是静静地听她说着自己过往的经历。这一刻，说什么都是多余的。

初次合作

在苏明欣的记忆里，父亲一直以英雄的形象存在着，妈妈曾经告诉她，父亲在本市破获过多起案子，得了非常多的奖章。

从小，她就以有这样的父亲为荣，她甚至想像父亲一样，也成为一个人民警察。

但是，爸爸却说："警察是一个非常危险的职业，我可不希望我的女儿随时随地身处于危险之中。"

她有些失望，拉着爸爸的手说："可是，我希望可以像爸爸一样，为正义而战！"

"是吗？"爸爸的笑容十分宠溺，低头温和地摸了摸苏明欣的头发，缓缓说道，"要不，明欣啊，咱们就当法医吧！"

"法医？"

"这也是个能够帮助别人的工作，通过蛛丝马迹，找到真正的凶手，为受害人洗刷冤情。"

那个时候，爸爸的声音很轻，但其中传达出的坚定信念，苏明欣却感受到了。自此以后，成为法医便成了她的志愿。

这也是苏明欣能够处理三刀伤口的原因，因为从小有意无意地学习，一些简单的治疗方法对她而言不在话下。

说起他们的改变，应该是从她六岁那年开始的。

妈妈遇到了一场车祸，医院努力了许久，终究还是没有将她从死亡线上拉回来。苏明欣当时还有些懵懂，看着爸爸满脸泪水地将白布盖在妈妈的脸上，然后将她紧紧抱在怀里。爸爸一句话也没有说，可泪水却将苏明欣的领子打湿了。

从此以后，爸爸就像变了一个人，高大的身躯不再挺拔，脸上也没有了笑容，似乎妈妈的离去将他的全世界都带走了。

自那开始，苏明欣和父亲之间的交流少得可怜。直到有一天，她从学校回来，突然间看到父亲紧紧盯着自己，眼泪不停地落下，口中却叫着妈妈的名字，说自己有多么多么想她。那一刻，苏明欣才知道，原来父亲之所以不愿意和自己交流，是因为随着她的成长，这张脸和妈妈越来越相似了。

虽然知道了父亲的痛苦，可苏明欣却不知道如何处理。她曾经努力地告诉父亲，妈妈已经离开了，请他开始新的生活。然而回应她的却是漫长的沉默，以及沉默后的一声叹息。

后来，苏明欣就想，感情深刻有时未必是一件好事，一个人离开了，也将另一个人的全世界带走了，被留下的那个人过着行尸走肉的生活，真的很可怕。

不过，即便父亲沉浸在对母亲的怀念中，平时对她多有忽视，但苏明欣依然能够感受到父亲对自己满腔的爱，她的生活并没有比别人差，应该拥有的，她都有。

又过了几年，爸爸似乎也从失去妈妈的阴影里走了出来，和她之间也多了一些言语沟通。后来想起来，这应该是她最幸福的一段时光了。

那个时候的爸爸，回家会随手带一些她喜欢的小甜点，告诉她，女孩子应该甜甜蜜蜜地长大，虽然妈妈已经离开了他们，可爸爸不会让她受到任何委屈。

苏明欣以为，自己的生活会恢复到从前的样子。

可是，一个月前的某一天，父亲回到家，突然对着她大发脾气，说她为什么要和妈妈长得那么相似，说她的声音也越来越像妈妈了，他之前好不容易走出妈妈离开的阴影，如今竟然又陷入了对妈妈的思念里。

从那天开始，爸爸又变成了妈妈刚刚离开时的模样，不怎么跟她说话，短暂的交流也仅仅是在纸上，爸爸似乎根本就不愿意听到她的声音。

"一个月前……"南风晚听着这个时间，轻轻一推，点头说道，"嗯，时间刚刚好。"

"物灵的力量可真可怕。"程星林听到他这一句话，忍不住感叹。

然而，苏明欣并不知道南风晚的存在，在听到程星林的话之后，她立刻转过头朝他说道："虽然我不知道物灵是个什么东西，但我爸爸身上有，我也有，那肯定不是什么好东西。学长，请你一定要帮帮我!"

程星林还没有开口，三刀已经先出声了，他把胸脯拍得直响："这件事就包在三刀哥哥身上啦，他那只菜鸟，懂什么啊!"

闻言，程星林的表情有点阴沉，苏明欣却微微笑了一下，也跟着道谢："三刀哥哥，也谢谢你!"

温柔的声音听得三刀心花怒放，他立即坐直身体，煞有介事地问道："那么，接下来，我们首要的任务，就是找到你爸爸!"

"是啊。"苏明欣说着，脸上露出了一些苦恼的神色，"本来以为来警察局就可以找到他，现在看来……"

"我们再去别的地方找一找他，或者……"程星林说着，突然顿了顿，说道，"或者你想想看，有没有你爸爸认识的人还在警察局做事，去问一问，也许他知道点什么。"

听到这句话，苏明欣的表情一亮，说道："我想起来了，曹叔叔!"

"嗯?"

"我爸爸的好朋友。"苏明欣站了起来，一边往警察局走，一边说道，"这些年来，我之所以相信我爸爸还在警察局工作，就是因为曹叔叔的话。他经常跟我说，我爸爸抓坏人可辛苦了，所以我一直都没有怀疑过。"说着，苏明欣又顿了顿，有些犹豫地说道："那万一，曹叔叔也不在警察局呢?"

"先不要想太多，也不要担心这些!"程星林立即安慰她，"去找一找，就算曹叔叔不在，警察局里也有其他认识的人，肯定能找到蛛丝马迹。"

听了程星林的话，苏明欣瞬间又有了信心。

"曹叔叔!"

他们的运气还不算糟糕，苏明欣果然在警察局找到了那个曹叔叔。

"明……明欣？"听到有人叫自己，曹叔叔转过身，看到苏明欣，他的表情明显有些不自在，"你怎么来这里了啊？你爸爸出警去了，要晚点才能回来。"

"曹叔叔，我都知道了。"苏明欣平静地看着他，"我都找到您这里来了，您还要瞒着我吗？"

曹叔叔看着少女坚定的眼神，终于点了点头，说道："明欣，你想知道什么？"

"我爸爸现在在哪里？他们说他在十年前就被开除了，为什么？这十年，他是怎么过来的？"刚开始，苏明欣还能保持平静，然而问到了后面，她的情绪渐渐变得激动起来。

曹叔叔轻轻拍了一下她的肩，说道："走吧，我先带你去找你爸爸，在路上，我们再慢慢说。"说着，曹叔叔又将视线落到了苏明欣的身后，眉头皱了起来，心中暗暗思索，身后那个纱布人怎么看着那么眼熟呢。

苏明欣看到他的眼神，生怕对方误会程星林是自己的男朋友，连忙解释道："这位是我同学的哥哥，另一位是他的朋友，他们……前几天遇到了点小麻烦，是他们帮了我。"不过，对于两人为什么跟着自己来警察局，她却只字未提。

曹叔叔知道苏明欣从小就是一个很有想法的孩子，再加上她的遭遇，人也比同龄人早熟，而他也相信她的分寸，所以见苏明欣不愿意说，自己也没有追问，只是将苏明欣父亲这些年的遭遇告诉了他们。

原来，苏明欣的妈妈并不是死于一场普通的车祸。

当年，苏正元正在追查一个案子，受到了威胁，但他并没有畏惧，依然不停地追查了下去。他的紧咬不放终于将对方惹怒了，他们直接派人将苏明欣的妈妈撞死了。这件事对苏正元来说是一个巨大的

打击。一开始，他十分怨恨自己，觉得如果不是他，妻子根本不会死于非命。与此同时，他也更加坚定了要替妻子报仇的决心。于是，他屡次三番不顾上司反对，拼命追查下去，没想到越挖越深，终于触怒了上司，得到了一纸卸任书。

失去了工作，就失去了经济来源，横在苏正元面前的第一个问题，是怎么将唯一的女儿养大。然而，因为苏正元的性格过于耿直，又因为他的学历关系，所以他的每一次工作都是做不了多久就被开除。

"那么，我爸爸现在在干什么？"苏明欣听完了曹叔叔的话，强忍住心中的波澜问道。

"他……"曹叔叔愣了一下，抬手指了指前方，朝她说道，"你自己看吧！"

这里是一个服装批发城，人潮拥挤，熙熙攘攘之间，吆喝声此起彼伏，来往行人衣着光鲜，于是更将某一些人衬托成了另类。

顺着曹叔叔的指点，苏明欣一眼就看见了人群里那道熟悉的身影。

她的父亲光着上身，背上背着一个大袋子，正一步一步缓缓走进批发城。

他们下意识地追了上去，等到再度看到苏正元的身影时，他已经将袋子放下，从店家的手里接过十块钱，面无表情地放到口袋里。

苏明欣紧紧地捂住嘴，生怕自己的哽咽声从指缝中漏出来，泪水在眼眶里不停打转。

"真是没有想到，他居然去做搬运工。"这句话，程星林并没有说出口，而是在心里默念，自然是对南风晚说的。

"任何一份工作都不可耻，用双手养活自己，总比烧杀抢掠要好。"南风晚平静地回答他，"你才十几岁，谁又知道你以后会做什么工作呢？"

闻言，程星林瞬间不爽了："你这是看不起我！"

南风晚毫不客气地说道："差不多吧，目前为止，你的成绩只能得到这样的评价。"

程星林冷哼一声，决定无视他，眼角的余光扫过三刀，发现他的表情和自己完全两样，非但没有惊愕，眼里竟然还有一股钦佩。

"三刀的人生阅历就比你丰富多了！"南风晚完全不理会程星林的态度，继续损他。

这一次，程星林完全反驳不了。

那一面，苏正元已经往楼下走去，准备接受第二个任务，身影很快就消失在了人潮里。

曹叔叔对苏明欣说道："看也看到了，你也该回家了。你爸爸千叮咛万嘱咐，不许我让你知道这一切，你可不要让我背上言而无信的罪名啊。"

苏明欣看着他，轻轻摇了摇头，说道："曹叔叔，您先回去吧。"

曹叔叔看了看苏正元消失的方向，心里好像有点猜到苏明欣想做什么，同时也知道自己无法阻止，便悄声说道："你想去找你爸爸也可以，不过现在是高峰期，正是赚钱的好时机，你千万不要出现，不然他会不高兴的。你也知道，他一向很要面子。"

苏明欣勉强挤出笑容，轻声说道："谢谢曹叔叔提醒，明欣知道了！"

曹叔叔觉得自己的任务算完成了，看了看手表，又嘱咐了苏明欣几句，便转身离开了。

苏明欣往前走了几步，趴在栏杆上看着门口，过了一会儿，就看到了苏正元的身影。她转过头，对程星林说道："师兄，我今天就能将我爸爸带到北郊的森林，你们先去那边等我。"

苏明欣的眼睛里透着坚定，尽管程星林不知道她会用什么样的办法，却还是点了点头，说道："好，我们先去。"

初次合作

说着，程星林就拉着三刀往门口走去，刚刚好与苏正元擦肩而过。他趁机回头，悄悄看了过去，便见到苏明欣走到苏正元的面前，苏正元的步伐停了一下，继续往前走，苏明欣就跟在身后，努力托着他的货物，慢慢消失在了人群里。

"你说，小学妹会用什么办法将她爸爸带过去呢?"三刀跟着程星林往前走了几步，还是忍不住心中的好奇，又回头看了看，随后失望地回头，开始跟程星林八卦。

"那是她的父亲，相信她总会有办法解决的。"虽然程星林心里也不大确定，但他选择相信苏明欣。

坐在程星林肩膀上的南风晚却突然问了一句："距离北郊森林最近的医院是哪一个?"

"好像是……"程星林想了想，报出了一个医院的名字，有些奇怪地问道："为什么问这个?"

"以备不时之需。"南风晚漫不经心地应了一句。

一侧的三刀脸上却变得十分严肃："这么说起来，小学妹她爸爸的情况比我们想的要糟糕!"

"为什么这么说?"程星林依然没有弄明白，情况不好，和医院有什么关系呢?

"按照中国人的老话就是，会伤元气。"三刀解释道。

程星林回想起苏正元的样子，觉得更加奇怪了："刚才看过去，她爸爸并不像周满超那样弱不禁风啊。"

南风晚和三刀同时丢给他一个大白眼，向一个外行人解释一个常识性的问题本就很累，更何况，这家伙的智商还是负数。

程星林尝到了被组织抛弃的滋味，幼小的心灵受到了一万点伤害。

北郊的森林距离他们的所在地有点远，又因为三刀的伤口不适合坐公交车，而程星林又拿不出钱来付车费，于是，三个人做了一个决定——让程星林戴上戒指，变身之后，将他的武器幻化成直升飞机，直接送他们过去。同时，由于程星林的能力不够强大，变得直升飞机太小了，所以，其他两人为了激励他，一致达成协议，让他在飞机外跟着，顺路还可以收一些物灵。

程星林脆弱的心灵再度受到了一万点伤害，碎成了满地的玻璃渣子。

一直到达目的地，三刀才发现一个很严重的问题，自己好像……被南风晚忽悠了。

他和程星林同样是噬灵师，可为了争夺物灵，两个人完全无法成为朋友。刚刚一路过去，多少物灵被遗漏，而他居然跟着南风晚坐在飞机里幸灾乐祸地嘲笑程星林在外头卖苦力。

想到这里，三刀就觉得无限伤感。

南风晚真是太可恶了！等他强大之后，绝对要找个机会将南风晚收服，抓在手中肆意蹂躏，让他知道算计自己的下场！

想着这些的时候，他将自己之前如何被南风晚收拾的事情忘得干干净净，就是偶尔觉得有点心虚，也安慰自己，现在不是受伤嘛，功力下降，无力抵抗，是非常正常的事情。

另一边，程星林也有些紧张。

按照南风晚的要求，他一路消灭物灵，总有一种唐僧取经的错觉。唯一不同的是，飞机里坐着师父和八戒，他就是那苦逼的孙悟空先生。最纠结的是，他完全没有孙悟空的力量，一想到等一下要对付的是两只很厉害的物灵，程星林就两腿发抖，会不会被反噬呢？南风晚现在的力量完全没有之前强大，真担心会出事。

唯一平静的就是南风晚。一路走来，除了第一句："三刀，我们坐飞机，让那家伙跟着。"之后，就再也没有说过一句话，他的眉头紧紧皱在一起，谁也不知道他在想什么。

三个人就这样各怀鬼胎地等待着，终于等到了苏明欣的出现。

程星林正要走过去迎接他们，却被三刀拉住了，他低声跟程星林说道："我们出现反而会坏事，先别动，找个机会出手。"

南风晚没有出声，明显是默认了三刀的意思。

三个人躲在森林里的一片阴暗处，静静地看着苏明欣和苏正元。

苏明欣的两只手缠着父亲的手臂，撒娇似的轻轻摇晃着，脸上洋溢着幸福的笑容，不停地说着话，因为太远，听得不大清楚。

而苏正元呢？他的表情依然严肃，只是不经意之间，会从眼神里透露出一丝宠溺，紧接着又被痛苦所取代，但苏明欣一开口说话，他眼里的痛苦又迅速消失了，甚至连唇角都不易察觉地微微上扬。

"苏正元的意志力比我想的还坚定。"南风晚低声说道，"换了别人，早就被物灵吞噬了，不愧是警察。"

看着眼前父慈子孝的画面，程星林心里也十分感慨。他想起了自己和老爸相处的情形，基本上都属于完全无对白的画面，两个人就算对坐一整天，有可能也说不上一句话，一旦开口，估计就是："饿了吗？"

女孩子可能更加贴心吧！

正当程星林暗自感慨的时候，突然听到一声细微的哽咽，转头一看，三刀早已泪眼汪汪。

"你这是……"

三刀擦了擦眼睛，严肃认真地说道："没什么，我只是想起我爸爸了！"

程星林愣了一下，就看到三刀十分不满地说道："有什么好奇怪的，我又不是从石头里蹦出来的。"

程星林连忙摆摆手，解释道："没有没有，我只是在想，你老爸要是看到你这样，他会怎么做。"

"他啊，"三刀托着腮，仔细回忆着，"可能会操起他的拖鞋直接朝我的脑袋丢过来，顺便告诉我，我玷污了家族的荣誉，他准备把我的两条腿打断了。"

"啊！"这一次，程星林完全没有掩饰自己的惊愕。

"是的，你没有听错。"三刀严肃地看着他，"我当初就是因为他这句话而离家出走的。"

"你老爸还真是……"

"我老爸以三刀扬名天下，所以就给我起了这个名字，没有想到……"说起这个，三刀有点淡淡的忧伤，"他觉得我不争气，可是没办法，我要过我自己的人生，绝对不可能被别人控制在手上。"

"行了，不要再说你们的历史了！"南风晚直接打断了他们的话，又朝程星林说道："带上戒指。"

"好的！"程星林连忙带上，目光不自觉地挪到了苏明欣的身上，那一对父女此刻正亲昵地靠在一起，满眼的幸福。

"啪！"随着响指声音的落下，四周的一切都静止了。

呼呼的风声瞬间消失，树叶也在扬起的那一刻停顿，阳光隔着树叶的缝隙静静地洒落在大地上。

"这时候，物灵的力量最弱。"南风晚说这句话的时候，已经坐在椅子上，一副准备看戏的模样，可他的表情却很严肃："你们两个……"

"什么？"看着他的脸，程星林下意识地也跟着严肃了起来。

"别担心没人给你们收尸！"

能说点好听的吗！程星林瞬间无语。

那一边，三刀已经丢掉了拐棍，将自己的武器紧紧抓在手上，顺手挥舞了几下，摆出他自认为最帅气的姿势，朝着天空大吼："我三刀又回来了！"

"嗷呜……"一个黑色的身影在他大吼的一瞬间，朝着他的头部直接袭来。

程星林本以为这家伙会中招，没有想到，在关键时刻，他直接闪

到了一侧，躲过去了。更没想到的是，那只物灵没有攻击到三刀，转而将程星林当成了目标，幸好他反应快，险险地躲过了对方的攻击，顺便将早已握在手中的金剑朝物灵刺了过去。当然，结果自然是伤不到对方半根毫毛。

三刀朝程星林大吼道："这只物灵我来应付，你快去看看苏正元是怎么被物灵侵入的！"

程星林听到三刀要替自己挡着，本来还想表达一下感激之情，然而在听到他接下来的话时，那一点感动就跟着烟消云散了。

让他靠近苏正元，去查看他被物灵附身的场景？真是疯了，他连靠近都无法靠近！

"你这是让我找死吗！"他朝三刀吼道。

三刀挡开了物灵的攻击，用鄙视的眼神扫了他一眼，随即跳到他的面前，一把长刀直接对着苏正元身上的物灵砍了过去，一面吩咐程星林："给你挡着了，你速度要快！"

"知道了！"程星林看着那只汽车形的物灵被三刀砍成了好几段，又重新恢复原来的模样，瞬间转移目标，对准三刀攻击而去。他立即趁着这个机会，一把握住苏正元的手，画面似乎是感受到了程星林的迫切，迅速转换着，而他也趁这个机会，迅速了解当时的情形。

苏正元在妻子去世之后，自暴自弃了几年。某一日，他看到了妻子的怀孕日记，知道她在怀孕的时候很害怕自己会难产，于是写了许多话，其中一句话是："就算我真的不幸死了，我也希望我的先生不会因为我的离去而悲伤。人生的路还很长，而我，也将小宝贝留给了他，这是我们共同的负担。但是，如果我走了，就成为了他的功课，希望他能好好完成功课，过好自己的人生，来日在天堂的时候，我希望看到的是微笑的他！生命无常，但是，我的灵魂依然会爱着他，如果他不快乐，我的灵魂必然也不会安息……"

正是这段话，将苏正元从深渊里拉了出来。从此，他努力让自己变回从前的样子，后来也和女儿度过了一段快乐的日子。经过一番思量，他决定从仇恨里走出来，并且告诉女儿，自己已经不再是一名警察，但他依然相信正义，依然会用别的方式维护正义。

然而天意弄人，这一番心思最终还是没有说出口。那天他刚刚下班，和女儿约定好一起过生日，没想到却在川流不息的人群里看到了当年主使手下杀死自己妻子的凶手，更没想到的是，车子里的另一个人竟然就是他当时的上司。

这一番变故袭来，将原本刚刚恢复过来的苏正元再度打入深渊。当年的信仰，当年的执著，当年的牺牲，现在看来，全部都成了笑话。

也就在这一刻，物灵趁机侵入了他的身体。从此，他又变成了之前那副可怕的模样。

程星林迅速从苏正元的记忆里抽离，同时也明白为什么苏正元的物灵会是一辆车子的形状，因为他始终念念不忘他的妻子，更加无法原谅当日在车子里所看到的真相。

"看完了，快点啊!"三刀的声音传来，紧接着，"砰"的一声，不用说，某人已经被打倒了。

"我知道了!"程星林将长剑幻化成为伞的形状，冲到三刀面前，替他挡住了车子物灵的碾压。尽管程星林的力量不算强大，但自保勉强还是可以的。

物灵朝着他的大伞呼啸而过，一片片金色的鳞片在天空中飞舞着。经过这一轮碾压，程星林所幻化出来的大伞一瞬间变成了碎片，他看着只剩下伞柄的武器，冷汗直冒。

情况真是大大的不妙啊。

车子物灵碾过去之后，迅速转了个圈，再度朝他们攻来。

三刀眼见不妙，一把抓住程星林，想往一侧闪躲，没想到程星林也有这个打算，只不过他要去的是另一个方向。于是，一同用力之后，两个人非但没有闪开，反而撞到了一起，前面的车子轰隆隆，直直地朝他们撞了过来。

来不及躲避的两个人，立马抱在了一起，吓得灵魂都要出窍了。

"砰！"

就在两个人暗叫吾命休矣的瞬间，一道紫色的光芒冲了过来，扩成一个结界，车子来不及刹住，直接撞了上去，在强大的撞击下，结界上出现了几道清晰的裂痕。

"我先声明，只有三分钟。"南风晚缓缓收回一只手，另一只手端起杯子喝了一口，顺手再抛出一道紫光，瞬间将那裂痕修补好。

车子的物灵怎么办？程星林紧紧地盯着那只物灵，脑子飞快地旋转，希望能想出一个解决方案。

此时，三刀直接站了起来，朝南风晚喝道："我知道了！"

闻言，南风晚的脸上露出满意的色彩，将手往回微微一收，紫色的结界一瞬间消失得无影无踪。

没了阻碍，汽车物灵顿时来了精神，再度朝程星林他们发起猛烈的攻击。三刀大喝一声，手中的武器立刻化成一条长鞭，迅速卷向汽车物灵。

物灵开始挣扎，一阵阵黑色的烟雾从它的身上剥落。三刀并没有停手，直接用力一甩，鞭子连带那只汽车物灵便直直地朝着另一只人脸物灵砸了过去。

人脸物灵经过森林的洗涤，已经不再像之前那么强大了，但发现汽车物灵冲过来时，他立即一改之前的虚弱，奋力张开嘴，直接将汽车物灵吞进了肚子里，两团物灵纠缠在了一起，看得程星林目瞪口呆。

这是什么状况？

他们……为什么打起来了？

"三刀，怎么会……"程星林完全无法回应，只想知道真相。

三刀得意地扫了他一眼，却没有回答他的问题，而是直接说道："别磨蹭，我们一起干掉那辆汽车!"

经过他这么一喝，程星林终于回过神来，立即准备收拾物灵。就像上次那样，幻化出一个半圆球，朝那两团物灵靠近。金光洒满一路，他手中的半圆球也在逐渐放大，变成了一道巨大的结界，外面有细细的电流来回乱蹿。

三刀见状，马上明白了他的意思，抬手一扔，将自己的武器幻化成尖锐的刀子，在程星林的半圆球扣住汽车物灵的同时，一刀刺了过去。

蓝色的光芒与金色的光芒交错辉映，最终穿进那个半圆球里，当半圆球渐渐闭合成一个大圆球的同时，那把刀也变成了一个圆球，唯一不同的是，它原先是一个小小的球，之后越变越大，等到两只物灵发觉之际，他们已经没有了战斗的空间了。

"南风晚，快，一刀结果了他们!"三刀朝南风晚大喊。

这时，南风晚的左手食指竖起，指尖发出紫色的电流，朝圆球用力一击!

三刀看着电流飞过来，心里微微松了口气，突然想起上次被南风晚控制住的场面，不自觉地打了个颤。

正当紫色电流要击中那两只物灵的时候，突然间，"叮"的一声，不知从什么地方飞出一枚钉子，直接击中了紫色电流，同时顺着紫色电流的方向，直直冲着南风晚攻了过去。

南风晚眉头一蹙，身体微微一侧，那一枚钉子从他的耳朵旁擦过，紫色的血滴从他的耳朵落下，他的神色严肃，似乎极力想要忍住什么，但很快就把持不住，紫色的血液迅速喷了出来。

"是谁?"三刀怒目圆睁，朝着钉子射来的方向看过去。

初次合作

黑暗之中，一道红色的身影从大树顶端落下，纤细而瘦小，分明是一个女人的身形。

随着那道红色身影的靠近，三刀正要努力看清楚对方的样子，不想，一道刺眼的红光先冲了过来，直接击中了那两只物灵。

"哗啦啦……"

像烟花在空中绽放，红色、蓝色、金色，夹在一起，极其炫目。然而，他们根本就没有心思去欣赏，因为程星林和三刀布下的结界被那道红光瞬间击破，这一刻，他们同时受到了震撼，胸口好像被人重重锤了一下，不由自主地后退了几步。好不容易稳住了步伐，就看到两团黑影飞速朝他们攻击过来。原来，那两只物灵重获自由后，迅速结成同盟，目标直指他们二人。

"完蛋了……"程星林听见了自己心中最后的呐喊，眼睁睁看着铺天盖地的黑暗朝自己袭来……